KB199611

여장남자 시코쿠

문학과지성사에서 펴낸 황병승의 시집

트랙과 들판의 별(2007)
육체쇼와 전집(2013)

문학과지성 시인선 R 03

여장남자 시코쿠

초판 1쇄 발행 2012년 11월 30일
초판 10쇄 발행 2024년 12월 2일

지 은 이 황병승
펴 낸 이 이광호
펴 낸 곳 ㈜문학과지성사

등록번호 제1993-000098호
주   소 04034 서울 마포구 잔다리로7길 18(서교동 377-20)
전   화 02)338-7224
팩   스 02)323-4180(편집) 02)338-7221(영업)
전자우편 moonji@moonji.com
홈페이지 www.moonji.com

ⓒ 황병승, 2012. Printed in Seoul, Korea

ISBN 978-89-320-2364-9 03810

문학과지성 시인선 R 03

여장남자 시코쿠

황병승

2012

거울 속의 네 얼굴은 꼭 내 얼굴 같구나
우리 서로 첫눈에 반해버렸지만
단 한 번의 키스도 나눌 수 없어
이제부터 나는 기다란 수염을 달고
아무런 화면도 보여주지 않을 거야

2005년 여름

사람들이 나를 부르면
내가 대신 네,라고 대답한다
사람들이 나를 부르지 않으면
우리는 가만히 있는다

2012년 겨울
황병승

여장남자 시코쿠

차례

제1부

주치의 h

    1

떠나기 전, 집 담장을 도끼로 두 번 찍었다
그건 좋은 뜻도 나쁜 뜻도 아니었다

h는 수첩 가득 나의 잘못들을 옮겨 적었고
내가 고통 속에 있을 때면 그는 수첩을 열어 천천히 음미하
듯 읽어주었다

나는 누구의 것인지 모를 커다란 입속으로 걸어 들어갔다
깊이 더 깊이

아버지와 어머니 사랑하는 누이가 식사를 하고 있었다 큰
소리로 웃고 떠들며 더 크고 많은 입을 원하기라도 하듯 눈이
있어야 할 자리에 귀에 이마에 온통 입을 달고서
입이 하나뿐인 나는 그만 부끄럽고 창피해서 차라리 입을
지워버리고 싶었다

2

입 밖으로 걸어 나오면, 아버지는 입이 없는 거나 마찬가지
로 조용한 사람이었고 어머니와 누이 역시 그러했지만,
　나는 입의 나라에 한번씩 다녀올 때마다 가족들과 함께하는
침묵의 식탁을 향해
　'제발 그 입 좀 닥쳐요' 소리가 목구멍까지 올라왔다

　집을 떠나기 전 담장을 도끼로 두 번 찍었지만
　정말이지 그건 좋은 뜻도 나쁜 뜻도 아니었다

　버려진 고무 인형 같은 모습의 첫번째 여자친구는 늘 내 주
위를 맴돌았는데
　그때도(도끼질할 때도) 그 애는 멀찌감치 서서 버려진 고
무 인형의 입술로 내게 말했었다

　"네가 기르는 오리들의 농담 수준이 겨우 이 정도였니?"

해가 녹아서 똑 똑 정수리로 떨어지는 기분이었다

h는 그 애의 오물거리는 입술을 또박또박 수첩에 받아 적었고

첫번째 여자친구는 떠났다 세수하고 새 옷 입고 아마도 똑똑한 오리들을 기르는 녀석과 함께였겠지

　　　3

나는 집을 떠나 h와 단둘이 지내고 있다 그는 요즘도 나를 입의 나라로 안내한다

전보다 더 많은 입을 달고 웃고 먹고 소리치는 아버지와 어머니 사랑하는 누이가 둘러앉은 식탁으로

어쩌면 나는 평생 그곳을 들락날락 감았다 떴다, 해야 할지도 모르지만

적어도 더는 담장을 도끼로 내려찍거나 하지 않게 되었으니 얼마나 다행인가

4

이제부터는 연애에 관한 이야기뿐이다

악수하고 돌아서고 악수하고 돌아서는,

슬프지도 즐겁지도 않은 밴조 연주 같은…… 다른 이야기
는 없다. 스물아홉

이 시점에서부터는 말이다 부작용의 시간인 것이다

그러나 같이 늙어가는 나의 의사 선생님은 여전히 똑같은
질문으로 나를 맞아주신다

"이보게 황 형, 자네가 기르는 오리들 말인데, 물장구치는
수준이 어느 정도라고 생각하나?"

낡고 더러운 수첩을 뒤적거리며 말이다.

검은 바지의 밤

호주머니를 잃어서 오늘 밤은 모두 슬프다
광장으로 이어지는 계단은 모두 서른두 개
나는 나의 아름다운 두 귀를 어디에 두었나
유리병 속에 갇힌 말벌의 리듬으로 입 맞추던 시간들을.
오른손이 왼쪽 겨드랑이를 긁는다 애정도 없이
계단 속에 갇힌 시체는 모두 서른두 구
나는 나의 뾰족한 두 눈을 어디에 두었나
호수를 들어 올리던 뿔의 날들이여.
새엄마가 죽어서 오늘 밤은 모두 슬프다
밤의 늙은 여왕은 부드러움을 잃고
호위하던 별들의 목이 떨어진다
검은 바지의 밤이다
폭언이 광장의 나무들을 흔들고
퉤퉤퉤 분수가 검붉은 피를 뱉어내는데
나는 나의 질긴 자궁을 어디에 두었나
광장의 시체들을 깨우며
새엄마를 낳던 시끄러운 밤이여.
꼭 맞는 호주머니를 잃어서
오늘 밤은 모두 슬프다

존재의 세 가지 얼룩말*

북향이던 집이 남향이 되고
더워 못 살겠네 무덤 속에나 있어야 할 아빠가
흙발을 탈탈 털며 이 방 저 방 들락거리고
엄마 옷을 꺼내 입은 친할머니가 내 등을 토닥이며
독 안에라도 들어가야지 죽는 것보단 낫잖니
빼빼 마른 배를 쓸며 나는 울긋불긋 입덧을 한다
살아야지요
천둥이 치고
저쪽 하늘에선 벌거벗은 엄마가
추워 죽겠네 아래턱을 덜덜 떨며 통곡을 하고
북향이 남향이 된 집에서
죽은 아빠가 한나절 여기저기 흙칠을 하다 떠나간 집에서
향 피우는 냄새에 자꾸만 헛구역질이 치미는 집에서
아가는 없고 아가의 울음소리만 가득한 집에서
할머니는 곤지곤지 잼잼 혼자 놀았다
참다 참다 못한 엄마가 뛰어들어와
(저쪽 하늘은 잠깐 조용해지고)
빼빼 마른 뱃속에서 끄집어낸 핏덩이를 내게 건네며

네 아부지 꼴 좀 봐라—

카랑카랑한 엄마의 목소리가 유리창을 흔들고

할머니가 엄마의 원피스를 벗어 던지고

남향이던 집이 다시 북향이 되고

아랫도리가 딱딱해진 채 꿈에서 깨어났을 때,

살이 뒤룩뒤룩한 엄마

제사상에 올릴 전을 부치며

드라마 속, 맨발로 달아나는 늙은 여자를 향해

독 안에 어떻게 들어가니 차라리 죽고 말지!

검은 떡을 맛없게 씹고 있었다.

* 아고타 크리스토프의 소설 제목 '존재의 세 가지 거짓말'의 변형.

커밍아웃

나의 진짜는 뒤통순가 봐요
당신은 나의 뒤에서 보다 진실해지죠
당신을 더 많이 알고 싶은 나는
얼굴을 맨바닥에 갈아버리고
뒤로 걸을까 봐요

나의 또 다른 진짜는 항문이에요
그러나 당신은 나의 항문이 도무지 혐오스럽고
당신을 더 많이 알고 싶은 나는
입술을 뜯어버리고
아껴줘요, 하며 뻐끔뻐끔 항문으로 말할까 봐요

부끄러워요 저처럼 부끄러운 동물을
호주머니 속에 서랍 깊숙이
당신도 잔뜩 가지고 있지요

부끄러운 게 싫어서 부끄러울 때마다
당신은 엽서를 썼다 지웠다

손목을 끊었다 붙였다

백 년 전에 죽은 할아버지도 됐다가 고모할머니도 됐다가……

부끄러워요? 악수해요

당신의 손은 당신이 찢어버린 첫 페이지 속에 있어요

원 볼 낫싱

흰색—검은색—초록으로 가는 은밀한 순서 울게 만드는 것을 나는 증명할 것이다

여섯 시에 병들고 아홉 시에 죽고 열두 시에 다시 태어나는 굴레

한 소년이 철로 변에 누워 기역 자로 죽어간다

밤이다,

꽃술이 달린 소녀의 머리띠가 호수의 수면 위로 떠오를 때

하얗게 눈이 멀고,

진창을 지나 아홉 시.

흰색—검은색—초록으로 가는 굴레 울게 만드는 것,

하늘에서 짠물이 쏟아지면, 호숫가의 누이도 젖고 아버지도 기차도 젖고

숨소리조차 젖을 텐데…… 들어라 이 엄마의 마지막 잔소리, 검둥아

씻어라 깨끗이 씻고 넘어가라

들판을 지나 열두 시.

초록 물이 검은 언덕을 타 넘고 있다.

니노셋게르미타바샤 제르니고코티카

1

    당신을 묘사할 수 없습니다 일에 미친 여자는 매일 아침 나를 칼 위에 놓고 춤에 미친 남자는 밤마다 칼을 흔듭니다 무서워서 매일 저녁 입이 돌아가는데.
    아무것도 발음할 수 없습니다

    나는 귓속말의 세계에서 제외되었습니다

    (달이 뚝 떨어지는 난생처음의 새벽
    어쩌자고 이런 쓸쓸한 날에
    목이 긴 나의 귀부인은 열차를 타고
    불같은 기관사를 사랑하게 되었을까)

2

    텅 빈 지하실,

검은 염소는 밤새 뒤척거리다…… 뭘 할까, 달력을 먹고
엽서를 쓴다
한 번도 만난 적 없는
니노셋게르미타바샤 제르니고코티카에게.

그날 밤 나는 그곳에 있었어 불길이 번져가는 과수원 어지
럽게 널린 사다리들 고무손을 단 수확용 장대들이 아름답게
불타오르고 환호성이 터졌지 가지마다의 붉은 열매들은 퉤퉤
퉤 씨를 뱉었어 절연(節煙)에 박차를 가했어 그러나 우리는
불 속에 있었고 먼 숲으로부터의 새벽은 오지 않았어 비명이
터졌지 뜨거운 혓바닥에 치를 떨며 처음이자 마지막으로 나는
달을 엉망진창으로 묘사했어 한밤의, 서서히 잿더미로 변해가
는 과수원 어둠 속에서 누군가 나무라는 투로 말했어 컷! 컷!
나는 그만 장면 속에서 제외되었고 나는 텅 빈 지하실에 있어
니노셋게르미타바샤 제르니고코티카야 열차를 타지 마 누구
의 잘못도 아니야 나는 텅 빈 지하실에도 있어 열차를 타선
안 돼 진짜 장면은 너의 안에 있어

3

　매일 아침 주름투성이의 여자는 바구니 가득 붉은 열매를
주워 담았습니다
　밤마다 스텝을 밟으며 춤에 미친 남자는 바구니를 통째로
집어삼키고 자꾸만 키가 자랐습니다
　당신을 묘사할 수 없는 날들
　무서워서 매일 저녁 코가 돌아가는데
　어떻게 당신을!

나는 부드러운 입맞춤의 세계에서 제외되었습니다

(달이 뚝 떨어지는 난생처음의 새벽
어쩌자고 이런 쓸쓸한 날에
목이 긴 나의 귀부인은 열차를 타고
불같은 기관사의 손에 살해당해야 하는 걸까)

4

붉은 스타킹을 뒤집어쓴 남자는 밤새 뒤척거리다…… 아령
을 먹고 부고(訃告)를 쓴다
한 번도 만난 적 없는

안녕 검은 염소야.

너는 걷고 나는 달리지 너는 눕지만 나는 춤춘다 너는 차갑
고 틀렸어 그러나 나는 옳고 뜨겁다 어쩔 텐가 진짜 장면은
어디에도 존재하지 않는 걸 사라진 나라 사라진 이름 네가 보
낸 엽서는 당분간 내가 간직할게 울지 마 끝났어 컷! 컷!

이파리의 저녁 식사

시원스럽게 쏟아지는 빗소리를 들으며 잠에서 깨어났어요
어머니 빗소리가 좋아요
머리맡에서 검정 쌀을 씻으며 당신은 소리 없이 웃었고
그런데 참 어머니는 재작년에 돌아가셨잖아요

나는 두 번 잠에서 깨어났어요
창가의 제라늄이 붉은 땀을 뚝뚝 흘리는 여름 오후

안녕 파티에 올 거니 눈이 크구나 짧고 분명하게 종이 인형
처럼 말하는 여자친구 하나 갖고 싶은 계절이에요

언제부턴가 누렇게 변한 좌변기,에 앉아 열심히 삼십 세를
생각하지만 개운하지 않아요

지독한 냄새를 풍기는 저 제라늄 이파리 어쩌면 시간의 것
이에요

사람들과 방금 했던 약속조차 까맣게 잊는 날들

베란다에 서서 우두커니 놀이터를 내려다보고 있노라면
하나 둘 놀던 아이들이 지워지고
꿈속의 시계 피에로 들쥐들이
어느새 미끄럼틀을 차지하는 사이……

거울 앞에 서서 어느 외로운 외야수를 생각해요
느리게 느리게 허밍을 하며…… 오후 네 시,

바람은 꼭 텅 빈 짐승처럼 울고

살짝 배가 고파요.

후지 산으로 간 사람들

사람들은 그것을 모자, 라고 불렀고
다카하시 미츠는 얼마 전에 그 사실을 알았다

늘 한곳으로 몰려다니며 햇빛을 가리지 말라고 서로에게 고
함치는 사람들
  햇빛 때문에 예민해지는 사람들,

그때도 싸웠고 어제도 싸웠다…… 그다음은 모른다

그날 저녁 미츠가 산에서 내려와 옥수수밭에 숨어들었을 때
  농민들의 봉기를 진압하다 도망 온 무사들
  재능을 인정받지 못한 삼류 쵸오닝*들 떠돌이 악사 건달패
들이
  모닥불 주위에 둘러앉아 모자 얘기를 하고 있었다
  옥수수밭에 흐르는 달빛은 여느 날처럼 부드럽고 다정했으나
  모자에 관한 얘기 그것은 결국 사람들을 슬프고 격하게 만
들었다

누구는 울고 누구는 주먹을 휘둘렀다
타오르는 불빛이 그들의 얼굴을 금세 악마로 만들었다.

사람들은 밤이 깊어서야 침묵했고
하나 둘 옥수수밭을 떠났다
각자 커다란 모자를 하나씩 깊게 눌러쓴 채
눈〔雪〕과 어둠뿐인 후지 산으로 향했다

모자가 바람에 벗겨질 때까지
모자가 바람에 벗겨질 때까지

얼굴을 가린 사람들의 행렬은 멈추지 않았다

해를 따라 몰려다니며 서로에게 고함치는 사람들
햇빛 때문에 날카로워지는 사람들,

그때도 다퉜고 어제도 다퉜다…… 그다음은 그도 모른다

사람들은 그것을 모자, 라고 불렀고
다카하시 미츠는 그것을 세 개나 쓰고 있었다

* 町人. 작가, 장인 계급.

서랍

나는 지금부터 서랍에 관한 이야기를 꺼낼 것이다

당신은 이미 다 알고 있는 이야기여서 관심이 없거나 혹은 까맣게 잊고 있어서 새로운 이야기처럼 들릴 것이다 서랍에 관한 이야기라…… 그렇지 않은가.

당신은 어디 있는가 당신의 침착함이 마음에 든다.

서랍은 바로 지난주 금요일.

나는 서랍을 열었고 흰 종이를 꺼내었다

흰 종이에는 이렇게 적혀 있었다

쥐, 계단을 뛰어오른다…… 그저 놀랍다!

그렇다 서랍은 지난주 금요일이며 또한 숲에서 짧은 순간 마주쳤던 흰 뱀.

나는 서랍 속에서 검은 종이를 집어 들었다

검은 종이에는 이렇게 쓰여 있었다

한 번만이라도 나의 방심을 미끄러뜨려다오…… 제발 달아

나는 흰 스타킹아

　고백하건대, 나는 서랍을 닫으며 웃음을 터뜨리고 말았다
유쾌한 웃음은 아니었다

　앞에서도 말했지만 서랍은 지난주 금요일이며 숲에서 짧은
순간 마주쳤던 흰 뱀……

　그것은 결국 소란스런 밤의 장르인 것이다

　나는 다시 서랍을 열었고 흰 종이를 꺼내었다

　흰 종이의 뒷면에는 이렇게 쓰여 있었다

　*계단을 처음 만든 작자는 누구인가 어쨌든 쥐는 아니다 나
는 밝다*

　나는 흰 종이를 집어넣고 이번에는 서랍 속에서 검은 종이
를 다시 꺼내었다

　검은 종이의 뒷면에는 작은 글씨들이 빼곡히 담겨 있었다

오래전, 숲에서 짧은 순간 마주쳤던 흰 뱀은 나의 머리칼을 격렬한 갈등 속에 빠뜨리고 말았다…… 그리고 검은 머리칼의 항복…… 백기들…… 처참하다

나는 모든 면에서 느리고 그러나 시간을 재며 흰 뱀은 재빠르게 숲을 가로질렀다 그날은 평범한 금요일이었고 계단에 한쪽 발을 올려놓는 순간이었고 나는 나도 모르게 발기하였다, 분명한 것은

흰 뱀이 나를 지나고 있구나! 그것이 머리 위를 꾸물꾸물 지나가고 있었다

나는 한꺼번에 늙고 저 계단을 뛰어오르는 쥐!
지난주 금요일 결국 집 앞에서 흰 스타킹을 놀래키고 말았다

읽고서, 나는 그만 검은 종이를 구겨버리고 싶었지만 그렇게 하지는 않았다 검은 종이를 서랍 속에 던져 넣고 시끄럽게 닫았을 뿐

나는 바지 주머니를 뒤져 새 종이를 꺼내었다 그리고 적었다

호두보다 느리게 걷는 자들을 나는 경멸한다

서랍을 열고 새 종이를 넣었다 새 종이는 붉은색이다 붉은색은 나를 뜻한다 그리고

다시 한 번 되풀이해서 말하지만, 서랍은 소란스런 밤의 한 장르이고 또한 숲에서 짧은 순간 마주쳤던 흰 뱀…… 그렇다 당신도 알겠지만, 이 서랍은 지난주 금요일 오후까지는 당신의 것이었다

나는 서랍 속에서 붉은 종이를 다시 꺼내어 뒷면에 이렇게 첨가했다

나는 서랍을 많이 가지고 있다 셀 수 없을 정도로 모두 당신의 것이다 당신은 호두고 당신은 내가 그렇게 해주기를 바란다 나는 서랍의 수만큼 거짓말을 늘어놓으면 되는 것이다

쓰고 나자, 마음이 한결 홀가분해졌다 나는 새 종이를 던져 넣고 서랍을 닫고 캄캄한 어둠 속에서 헝클어질 입술들, 내 입술은 붉은색이다.

서랍을 잠그자 하나의 서랍이 새로 열리는, 오늘은 화요일

나는 서랍에 관한 이야기를 꺼낼 것이다

당신은 이미 다 알고 있는 이야기여서 지루해하거나 혹은 까맣게 잊고 있어서 타인의 이야기처럼 들릴 것이다 서랍에 관한 이야기라…… 그렇지 않은가,

당신은 어디 있는가 당신의 미소가 마음에 든다.

겨울_홀로그램

소년은 늙도록 잠을 잔다
꿈이 바닥날 때까지
아버지와 이름이 뒤바뀔 때까지

노랑 안에서 새빨간 뱀 한 마리가 나의 침대를 차지하고

파랑 속에는 막 불타오르는 꽃나무들

새들은 빨강 안에서 건성으로 노래하다

검정 속에는 복면을 한 아버지가 누이의 스커트를 입은 채
잠이 들고

초록 안의 어둠 속에서 늙은 개와 비밀을 한 가지씩 털어놓
을 때

노랑 속의 나의 눈은 멀고

파랑 안의 장미는 녹고

때를 기다리면 시간은 순간처럼 지나가지

꽃 한 번 피워보지 못하고 시들어버렸지만

44구경, 한때 그 험한 녀석을 내가 키웠었지 화분이야 나는
화분이었어

늙은 개는 이렇게 말하다

새들은 불타는 숲에 모여 차가운 눈빛을 모으고

초록, 화분에 숨어 올려다보는 검정 속의 하늘

전진하는 눈[雪].

너무 작은 처녀들

요요

엄마 잘못했어요

검은 마을에 폭설이 내리고

흰 마을의 당나귀들은

빨간 풍선을 열심히 불었죠 뿌뿌뿌뿌

삼백육십 더하기 피눈물 곱하기 달 없는 밤은?

모르겠어요.

배고파 배고파서 새로 산 넥타이를 삶아 먹은 뚱뚱보 원숭이?

발길질? 따귀 백 대?

시간을 줘요

저 늙은 나뭇가지가 가리키는 건 12시를 지나는 다음 생

그렇지만 딸아 엎드려뻗쳐.

언제나 되돌아오는

요요

신경질

검은 마을에 검은 눈이 멎고

흰 마을의 당나귀들은 답답해 아유 숨 막혀

뿌뿌뿌뿌 빨간 풍선이 날아오르고

눈물콧물 뒤범벅의 우리 엄마,

유리창 가득 출렁이는 저

새파란 달들 좀 봐라 엄마는 마르고

엄마 아닌 것들은 전부 뚱뚱하구나

그러나 뒤바뀐 옷장 더하기 눈물콧물 나누기 삼백육십 개의
회초리는?

(천년만년 벌 받아라 미운 오리 새끼들!)

흑백을 사이에 두고 걸어가는 모녀와 모녀와⋯⋯

바다 대 호수? 구두 속 구두?

아아 모르겠구나 딸아

창밖의 저 늙은 나뭇가지가 가리키는 건 새벽을 알리는 12시

그렇지만 내 속에도 죽은 벌레들은 아주 많아요 엄마, 똑바
로 엎드려뻗쳐.

언제나 되돌아오는

요요

신경질

세월이 가도

콩알만 한 요요는

미친년 정신없이 오락가락 흑색백색

함께 두근거려봐요, 엄마!

사성장군협주곡(四星將軍協奏曲)

1

나는 선언의 천재

사계절을 저지르며 거듭 태어난 포 스타four star

침묵과 비명의 일인자인 철문이여

얼음으로 만들어진 찬 변기여

그리고 너 속 검은 의자여

나의 실패담이 그렇게 듣고 싶은가

첫번째 계절은 H로부터 시작합니다

H는 유에프오를 세 번 본 사내

한 번은 옥상에서 주근깨 여자와 키스할 때

또 한 번은 주근깨 여자를 그리워하며

새로 사귄 갈래머리 여자와 산책할 때

유에프오는 단 한 번 H에게 신호를 보낸 적이 있는데

(쓰르륵 쓰르륵 하루치의 목숨을 대패질하는 귀뚜라미 소리)

삼 년 전 갈래머리 여자가 죽었을 때였습니다

H는 울지 않았습니다

산에 들에 진달래 개나리 피거나 말거나
봄을 선언하고 나는 봄 속에 갇혔습니다

죽은 지 한 달이 지난 고양이 같은 하늘빛
빈 벤치에 앉아 올려다보는 붉은 지붕의 뾰족함

2

뜨거운 세상이 소년을 달구었는지
소년이 세상을 뜨겁게 달구려 했던 건지 어쨌든
세상을 조금 알 것만 같던, 솜털 수염이 막 나기 시작하는
한 소년이 야구를 합니다
소년의 아버지의 머리통이 담장을 넘어가고
소년은 배트를 던지며 퍼스트 베이스를 향해 달려갑니다
땀이 비 오듯 쏟아집니다 이리저리 둘러보지만

그러나 퍼스트 베이스는 어디에

나는 두번째 죄의 계절을 맞았습니다
더 이상 태어나기 싫어 집 밖으로 나가지 않았지만
(주근깨 여자는 어디로 간 걸까 지난밤 태내의 쌍둥이처럼
친밀했던)
나는 사방에서 자꾸만 태어났습니다

내부가 훤히 들여다보이는, 차창의 불빛 환한 밤 기차처럼
이렇듯 나는 너무 빤하고 선언은 늘 부끄러운 것입니다
그러나 나는 선언의 천재
모든 것을 선언한 뒤 알 수 없는 사람이 되고 말겠습니다

……결국 빛이 빛을 찾아 헤매는 슬픈 시간입니다

주근깨 여자의 행방을 물으며 H에게 피 묻은 야구공을 선
물하던 밤
술에 취한 H는 머리 뒤에 깍지를 끼고

거만한 말투로 내게 말했습니다

아직도 오늘 밤이군.

……결국 빛이 빛을 모른 체하는 슬픈 시간입니다

소년은 여전히 퍼스트 베이스를 찾아 달려가고
몇 개의 담장을 넘고 넘어 늙은 남자의 머리통이
보건소 쓰레기통에 처박히자,
소년의 어머니는 달리는 소년의 뒤통수를 향해 소리칩니다

빠울 빠울

나는 노래를 잊었습니다 댄스를 잊고 비행기
접는 법 잊었습니다 팔 걷지 않습니다 뜀뛰지 않습니다
그러나 땀이 비 오듯 쏟아지는 잠들 수 없는 시간

3

H의 종교는 유에프오나 다름없습니다
H는 자신을 데려갈 원통형의 광선을 기다립니다

테이블 위에 놓여진 H의 찡그린 손
금방이라도 울음을 터뜨릴 것 같은 H의 머리칼
아— 아— 그 순간 아름다운 목소리가 존재했다면
H의 낡은 외투는 곧장 흐느끼고 말았을 것입니다
여기는 잡탕찌개야 온갖 것들이 끓는군
지구의 한쪽 그리고 도시 한구석의 허름한 술집
H의 말대로 온갖 것들이 끓는 잡탕찌개
나는 그 온갖 것들이
부글거리는, 마지막으로 한 번 더 끓고 싶은
가랑잎 범벅으로 보였습니다

삼 년째 암울한 H 누가 그를 나무랄 수 있겠습니까
사 년째 암울한 자가?

가을! 나는 가을 속에서 살았습니다

그리고 어느 가을비 오던 밤
추적추적 소년은 H를 찾아갔습니다
이부자리를 펴기 위해 그가 장롱 문을 열었을 때,
어둠 속에 웅크리고 있던 소년이
빗물 뚝뚝 흐르는 젖은 손으로
H의 멱살을 쥐고 울부짖었습니다
우리 아버지 살려내, 이 빌어먹을 자식아!

H를 찾아가기 전날 밤,
소년은 나에게도 왔습니다
그리고 들뜬 목소리로 말했습니다
당신은 선언의 천재 나는 빠울의 천재
곧장 담장을 넘기는 것만이 나의 꿈
홈런을 치고 제자리에 있으면 아웃인가요

……결국 빛이 빛을 찾아 헤매는 슬픈 시간입니다

죽은 지 한 달이 지난 고양이 같은 하늘빛
빈 벤치에 앉아 올려다보는 붉은 지붕의 뾰족함

4

그녀의 이름은 으나입니다
으나는 인사의 천재
달에게 인사합니다 안녕하세요 으나예요
별에게도 인사합니다 안녕하세요 으나랍니다
오줌을 누면서도 잠을 자면서도
으나는 인사합니다 안녕 으나야
까마귀에게도 안녕
속옷을 벗기는 사내 녀석들에게도 으나예요
따귀를 갈기는 아주머니에게도 안녕 안녕
으나는 인사의 천재

사랑하는 나의 누이동생입니다

그리고 어느 날, 갑자기,

갈래머리 으나는 H의 집 근처 하수처리장에서 숨진 채 발
견됩니다

H는 울지 않았습니다

(쓰르륵 쓰르륵 하루치의 목숨을 대패질하는 귀뚜라미 소리)

H는 유에프오가 보내오는 신호에 가만히 귀 기울이고 있었
습니다

……결국 빛이 빛을 외면하는 슬픈 시간입니다

나는 앨범을 들고 지하실로 내려가

소년과 함께 찍었던 사진들을 모두 불태웠습니다

그리고 겨울이 막 시작될 즈음 H가 보내온 엽서,

오랜만이군 나는 잘 지내고 있고 자네가 상상도 할 수 없는 아주 먼 곳에 와 있다네 이곳에서 우연히 소년을 만났네 소년은 나의 멱살을 잡지도 비에 젖어 있지도 않았네 우리는 모든 것을 잊기로 했지 그리고 으나도 만났네 으나는 여전히 밝은 얼굴로 인사하더군 내가 혹시 자네에게 얘기한 적이 있던가 불안해 보일 정도로 조심스러워 보이는 여자에 관한 얘기 나는 그런 여자를 만나면 금세 불길한 생각이 든다네 아주 조심스러워 보이는 여자는 헤어지기 전에 꼭 한 번쯤 크게 소음을 내거든 단단히 감춰진 마음의 소란스러움은 그러나 재킷 호주머니 속의 동전으로 와르르 쏟아지든지 계단에서 발을 헛디뎌 놀랄 만큼 커다란 비명으로 터져 나오든지 말일세 으나는 소음을 내는 대신 인사를 하는 거라네 안녕 안녕하세요 으나 으나예요 눈에 보이는 모든 것들을 향해. 나는 으나를 불쌍히 여긴 적이 단 한 번도 없네 손을 그릴 때 꼭 다섯 손가락을 모두 그려야 할 필요는 없겠지 나는 자네 때문에 새끼손가락이 싫네 자네를 영영 용서하지 못하더라도 그런 나를 용서하길 바라네

　　ps.
　　그런데 혹시 자넨, '노 워먼 노 크라이'*라는 말을 해석해본 적이 있나 나는 이렇게 해석한다네 '여자가 없으니 울지도 못하겠네' 잘 있게나 친구 아직도 오늘 밤이군

으나는 인사의 천재
사랑하는 나의 누이동생입니다
나는 H의 엽서를 찢었습니다
창밖으로 소년의 머리통이 날아갑니다
담장을 넘어 곧장—

5

이제 연주는 끝났습니다
나는 선언의 천재
사계절을 저지르며 거듭 태어난 포 스타
침묵과 비명의 일인자인 철문이여
얼음으로 만들어진 찬 변기여
그리고 너 속 검은 의자여
연주는 이미 끝이 났습니다
이 겨울의 철문을 나서며 날두부를 먹으리라

그러나 덜컥 나는 다시 태어날 것입니다 다섯번째 계절
더 큰 죄를 짓기 위해……

죽은 지 한 달이 지난 고양이 같은 하늘빛
빈 벤치에 앉아 올려다보는 붉은 지붕의 아찔함.

* 밥 말리의 노래 제목.

여장남자 시코쿠

하늘의 뜨거운 꼭짓점이 불을 뿜는 정오

도마뱀은 쓴다
찢고 또 쓴다

(악수하고 싶은데 그댈 만지고 싶은데 내 손은 숲 속에 있어)

양산을 팽개치며 쓰러지는 저 늙은 여인에게도
쇠줄을 끌며 불 속으로 달아나는 개에게도

쓴다 꼬리 잘린 도마뱀은
찢고 또 쓴다

그대가 욕조에 누워 있다면 그 욕조는 분명 눈부시다
그대가 사과를 먹고 있다면 나는 사과를 질투할 것이며
나는 그대의 찬 손에 쥐어진 칼 기꺼이 그대의 심장을 망칠
것이다

열두 살, 그때 이미 나는 남성을 찢고 나온 위대한 여성
미래를 점치기 위해 쥐의 습성을 지닌 또래의 사내아이들
에게
날마다 보내던 연애편지들

(다시 꼬리가 자라고 그대의 머리칼을 만질 수 있을 때까지
나는 약속하지 않으련다 진실을 말하려고 할수록 나의 거짓은
점점 더 강렬해지고)

어느 날 누군가 내 필통에 빨간 글씨로 똥이라고 썼던 적이
있다

(쥐들은 왜 가만히 달빛을 거닐지 못하는 걸까)

미래를 잊지 않기 위해 나는 골방의 악취를 견딘다
화장을 하고 지우고 치마를 입고 브래지어를 푸는 사이
조금씩 헛배가 부르고 입덧을 하며

도마뱀은 쓴다
찢고 또 쓴다

포옹을 할 때마다 나의 등 뒤로 무섭게 달아나는 그대의 시선!

그대여 나에게도 자궁이 있다 그게 잘못인가
어찌하여 그대는 아직도 나의 이름을 의심하는가

시코쿠, 시코쿠,

붉은 입술의 도마뱀은 뛴다

장문의 편지를 입에 물고
불 속으로 사라진 개를 따라
쓰러진 저 늙은 여자의 침묵을 타 넘어

뛴다, 도마뱀은

창가의 장미가
검붉은 이빨로 불을 먹는 정오

숲 속의 손은 편지를 받아들고
꼬리는 그것을 읽을 것이다

(그대여 나는 그대에게 마지막으로 한 번 더 강렬한 거짓을
말하련다)

기다리라, 기다리라!

똥색 혹은 쥐색

불—무당집, 죽은 할머니가 지저분한 손으로 자꾸만 권하는 약과

꽃—타오르는 이마, 할머니가 준 약과를 먹고 항문에 수북이 난 털

새—싫증난 애인의 입술, 처음 하는 질문의 얼룩

구름—붉거진 문장(文章), 한판 굿을 마치고 벗어 던진 겹버선

집—색색의 지붕들, 죄다 팔레트에 넣고 섞으면 무슨 색일까, 똥색 혹은 쥐색

자동차—괴물들의 난교, 끝에 참 못 만든 핏덩이

그리고 겨울, 나랑 똑같이 생긴 조카의 책가방 속에는 귀를 찢는 클랙슨 소리가 티격태격 얽혀 있었다

뭐 하니, 무덤 만들어, 무덤은 왜, 삼촌 묻어주려고, 추울 텐데, 그럼 따뜻할 줄 알았어!

키스—척척해, 척척해

그 여자의 장례식

　장례식이 몇 시였지요 곧 가야 해요 겟 백 겟 백 미치겠군 그 노래 좀 꺼주시겠어요 유리창의 무늬라도 가져갈래요 어쨌든 오 년 넘게 이 방에서 당신과 뒹굴었으니 시간이 흐른 뒤, 저 삐뚤삐뚤한 무늬들이 떠오르지 않으면 그만 죽고 싶겠죠 두 시라고 했나요 그래요 그 손 좀 치워요 당신은 나를 한시도 내버려두지 않는군요

　항상 부르는 사람 방문을 열 줄만 알았지 닫을 줄 모르는 사람 문틈으로 새어 들어오는 빛이 내 눈을 얼마나 아프게 하는데 나는 여자예요 때로 방문을 걸어 잠그고 작은 불을 켜고 한 계단 한 계단, 눈썹이 참 짙군요 당신 아 당신 듣기 좋은 멜로디예요 귀를 자를까요 자르겠어요 꿈이겠죠 너무 멀리 가지 말아요 물고기는 싫어요 기르기 힘들죠 당신을 앓고 싶군요 개처럼 곧 이별이겠죠 그전에 당신을 떠날까 봐요 아니 떠나지 않겠어요 입술이 차갑군요 당신 참 무서운 사람이에요 사랑할까요 사랑할래요 당신 차라리 죽어버려요 아니 제발 죽지 말아요, 계단을 내려서듯 더 많은 혼잣말을 통해서만 계단 끝의 당신에게로 가는, 그래요 나는 상처투성이 여자 좀 까다

로운 여자입니다

  항상 부르는 사람 노크를 멈출 줄 모르는 사람아 그 소리가
나를 당신으로부터 쿵쿵쿵 밀어내는데 이렇게 살고 싶지 않아
요 아니 나는 이렇게 살고 싶습니다 보세요, 저 거울 속 처음
으로 나의 시선이 입술이 어깨가 입체적으로 느껴지는군요 이
렇게 죽은 뒤에야…… 그 손 좀 치우라고 했어요 그리고 저
시끄러운 노래 좀 아아 이러다 정말 늦겠어요 텅 빈 관을 보
면 나의 부모들이 얼마나 속상할까 얼마나 지랄할까요 너는
죽어서도 싸돌아다니냐! 미치겠군 내 속옷 어디 있죠 아니 됐
어요 웃지 말아요 나쁜 사람 안녕 안녕이에요 그러지 말아요
그렇게는 안 된다는 걸 당신도 알잖아요

  항상 떼쓰는 사람 이제 다른 시간이에요 당신의 붉은 뺨이
무서워요 새 사람을 만나세요 그만 그만해요 난 죽은 년이잖
아요! 단 한 번뿐인 날이에요 날 잊기 위해서 모두들 몰려올
거라구요 몰라요 더 이상 날 혼란스럽게 하지 말아요 가야겠
어요 자신의 장례식에 늦는 천치가 또 있을까 제발 그 노래

좀…… 늦었어 아아 늦어버렸다고요 겟 백 겟 백? 재수 없는
새끼들!

리타의 습관

나는 가족들과 함께 식사하는 것을 싫어했어요
리타 아침 먹어라 리타 배도 안 고프니 리타! 리타!
새엄마의 발소리가 사라진 뒤에야, 나는 도어록을 풀고 식
당으로 내려가죠
대개 가족들이 식사를 마치고 난 후에 혼자서 밥을 먹는데
어떤 날, 내가 미처 모르는 무슨무슨 기념일이나 축하연 자
리에
언니 형부 이모 나부랭이들이 식당을 꽉 메워버린 날,
맙소사! 그런 날은 마치
새엄마가 나를 똥구덩이에 처넣은 듯한 기분이 들곤 했죠
그 피할 수 없는 함정,
처음엔 입을 다물었어요
다음엔 용기를 내어 옆 사람의 수프를 떠먹었고
그다음엔 이모부에게 이렇게 말했죠
내 꺼 볼래?

나는 집에 있을 때면 늘 혼자 밥 먹는 것을 좋아했어요
나의 연기는 점점 무르익어갔고, 새엄마는 더 이상 나를 가

족들과의 식사에 부르지 않았죠

　그런데 어느 날부터인가 나와 가장 친한 폴이나 낸시를 만
나 식사할 때도

　나는 나도 모르게 연기를 하는 거예요

　그간의 일들을 차근차근 얘기하고 싶은데

　입안 가득 미끄덩거리는 음식과 범벅이 되어버린 말들

　뱉어낼 수 없었죠, 도무지

　포크는 쉬지 않고 음식을 찍어대고

　더 이상 씹어야 할 내 몫의 음식이 남지 않았을 때

　웨이터를 불렀어요, 식사 도중이었지만

　낸시의 스테이크 접시를 당장 치우라고 비명을 질렀죠 그러
고는 냅킨을 집어던지며

　폴과 낸시를 향해 막무가내로 퍼붓는 거예요

　날 굶겨 죽이고 싶겠지? 미치겠지? 너희 둘, 어림도 없어!
계획대로 될 것 같아? 무슨 계획? 꿈도 꾸지 마!!

　아무도 웃지 않았죠

　나는 단지 가족들과 함께 식사하는 걸 싫어했을 뿐인데.

요즘은 침대 밑에서 먹어요

메어리는 안쓰럽다는 듯이 내게 말을 건네죠

리타, 이리 나와요 거긴 너무 어둡고…… 샐러드가 코로 들어가겠어요

그럼 난 이렇게 대꾸하죠

걱정 마세요 수간호사님, 이건 그저 연기일 뿐이니까요

시코쿠

(달이 동네 개들을 다 잡아먹었구나 쿵쾅쿵 천장을 달리며
외로운 숙녀 시코쿠)

쉽게 말하거나 어렵게 말하거나 모두 진실이었으므로 똑같
이 나의 고백은 아름답다

6은 9도 된다

잊지 못할 이여 가구처럼 있다가 노루처럼 튀어 오르는
가지도 오지도 않는 당신이여 속삭이는 두려움이여

(너무도 키스를 원하는데 프랑스에서 프렌치 키스를 잔뜩
배웠는데 아무도 입술이 없구나 호주에서 호치키스나 배울 걸
수챗구멍에 대고 외로운 신사숙녀 시코쿠)

말할 때 코를 만지는 자는 자기 세계에 갇혀 있는 자요 무
릎을 긁는 자는 익살꾼이며
상대의 얼굴을 꿰뚫는 자는 초월한 자이다, 라고

꿈속의 소년이 말했다

새 이름을 지어주러 왔니
코를 만지며 내가 물었다

대답 대신 소년이 건네는 한 장의 사진,

시코쿠가 기차에 오르고
잘 가 나를 잊지 말아라
시코쿠였던 자가 역에 남아 손을 흔든다

죽을 때까지 어떠한 이름으로도 불려지지 않으리
속삭이는 두려움이여 나를 풍차의 나라로 혹은 정지

(일 년 열두 달 내가 움켜쥐고 있던 것들이 제자리로 돌아
가려 할 때, 금세 밋밋해지던 나의 목소리여 손바닥을 칼로
푹 찌르며 외로운 신사 시코쿠 시코쿠)

당신만 죽어 없어진다면 나도 내 자리로 간다!

그러나 세계를 이해한다는 건 애초부터 그른 일. 사로잡히
다, 라는 건 무슨 뜻일까요
아저씨의 세계를 내어주세요
꿈속의 소년이 돌아섰다

무시무시한 이름인걸
무릎을 긁으며 내가 말했다

시코쿠가 기차에서 뛰어내리고
시코쿠였던 자가 도망친다

제발 좀 나를 무시하라!

(달이 한 뭉치의 구름으로 피 묻은 얼굴을 쓰윽 닦아내고
컹 컹 컹 무섭게 짖어대는 밤! 치마를 갈가리 찢으며 외로운
여장남자 시코쿠 시코쿠)

감추거나 혹은 드러내거나 6은 9도 되어야 했으므로
나의 옛 이름은 언제나 우스꽝스러웠다

잊지 못할 이여, 가구처럼 있다가 노루처럼 튀어 오르는
가지도 오지도 않는 당신이여
속삭이는 두려움이여, 나를 풍차의 나라로 혹은 정지.

Cheshire Cat's Psycho Boots_7th sauce
—— 여왕의 오럴섹스 취미

I

나는 나의 백성들을 밑으로 데려갔다

절망과 불만을 구별하는 것이 오리앵무새의 과제였다
한 번도 단어 카드를 제대로 물어 오는 법이 없었다
헤맸다, 왜일까

여왕은 안심이 되었다

태엽장치 돼지들은 성문(城門) 앞을 오가며 쓰다 달다 말
이 많았고
뒤죽박죽이 좀 심한 녀석들은 단칼에 혀가 잘렸다
그러나 대부분은 밤이 되면
여왕의 숲에 쓰러져 얌전히 코를 고는 것이었다

(허공에서 장미를 따고
품속에서 비둘기를 데려오는 시간)

이쪽으로 가면 석 달 열흘 춤만 추는 광대 원숭이가 나오고

저쪽으로 가면 밤낮 겨울 봄 슬픔을 길어 올리는 울보 토끼가 살지

어디로 가고 있는지 모른다면 어느 쪽으로 가도 상관없어

나뭇등걸에 서서 체셔 고양이가 커다란 엉덩이를 흔들었다

Ⅱ

나는 너무 강해서 백성들의 혀가 하나뿐이라는 사실을 받아들이지 않기로 결정했다

오 리차드! 이 매정한 사람……

소설광인 앨리스 부인은 탁 소리 나게 책장을 덮었다

여왕이 보내온 수백 장의 카드 앞에서 오리앵무새는 골머리를 앓았고

태엽장치 돼지들은 성안으로 들여보내달라고 고함을 질렀다
목소리가 큰 녀석들은 변을 당했고 대부분은
배가 고프면 고픈 대로 괴로우면 괴로운 대로
여왕의 숲에 쓰러져 잠이 들었다

(허공에서 장미를 따고
품속에서 죽은 비둘기를 확인하는 시간)

누군들 소리치고 싶지 않을까, 그런 순간이 오면
이빨을 부딪쳐 박자를 만들어봐요
으들들 으들들들 자신을 좀 곱씹어봐요,
궁정의 개구리 악사들이 숲 주위를 돌며 도토리를 두드렸다

한편, 앨리스 부인은 마부를 돌려보낼 수밖에 없었다
지난밤에 읽었던 본격 러브로망 제24탄이 그녀의 마음을
괴롭혔으므로
크리켓 경기에 참석하라는 여왕의 전갈을 묵살했다

여왕은 앨리스 부인의 목을 치는 대신
숲 중앙에 펼쳐진 눈물 호수에 검은색을 엎질렀고

겨울이 왔다

Ⅲ

결국 모든 것은 진력이 나게 마련이다 크리켓이든 카드놀이든

앨리스 부인은 창밖으로 펼쳐진 눈세계를 바라보다, 소설책
을 내려놓았다
십 년 만의 외출, 그녀는 스케이트를 어깨에 메고
생쥐들과 함께 눈물 호수 쪽으로 걸었다

혹한이 휩쓸고 간 숲 속의 고요한 아침

태엽장치 돼지들의 함성도 오리앵무새의 구슬픈 노랫소리
도 들려오지 않았다

(텅 빈 허공에 대고 입술을 맞춰보는 시간)

이것 봐, 올겨울엔 아무도 스케이트를 타지 않았어
눈물 호수 앞에서 앨리스 부인이 소리쳤다,
칼자국 하나 없는 이 빙판 좀 봐!

그녀는 생쥐들과 함께 빙판을 내달렸다.

언제나 그렇듯, 왼편은 원숭이 오른편은 토끼
이쪽은 춤추고 저쪽은 눈물바다지
어느 쪽으로 가도 상관없어 어차피 양쪽 모두 미친것들이
니까
구름을 흔드는 웃음소리,
하늘에 걸린 체셔 고양이의 얼굴

스케이트 날이 지나간 자리마다 검은 물이 엷게 배어 나왔고
나쁜 냄새가 났다.

* 이탤릭체는 루이스 캐럴의 『이상한 나라의 앨리스』에서 인용.

Cheshire Cat's Psycho Boots_8th sauce
—앨리스 부인의 증세

나는 (당신)을 가지고 있어요 댁들처럼 (당신)이라는 가죽 주머니를 나도 가지고 있지요 처음 그대가 나에게 왔을 때 나는 그대를 (당신), 하고 불러봤겠죠 행복했겠죠 내가 (당신)(당신) 부르면 그대도 즐겁게 안녕, 하고 답했으니까요 수십 번 아니 수백 번 불렀을 거예요 (당신)(당신) 가죽 주머니 가득한 소리들 그대는 머리가 아팠겠죠 왜 안 아팠겠어요 그대 떠나고 공처럼 부풀었던 가죽 주머니가 삼백예순날 (당신)(당신)을 연신 노래하는데 눈앞이 다 캄캄했었지요

(당신)이 텅 비었을 때쯤 두번째 그대가 왔어요 그러나 두번째 그대는 너무 작아서 아니 가죽 주머니가 대책 없이 늘어나버려서 (당신), 하고 부르면 나? 못 알아들었지요 그대가 더 필요했어요 댁들은 그걸 양다리라고 한다지요 그러나 좋아요 가죽 주머니 속의 두번째 그대들에게 (당신), 하고 부르면 듣기 좋은 소리로 안녕, 듀엣으로 답했으니까요 그리고 가죽 주머니가 다시 빵빵해졌을 즈음 그대들은 알게 되었어요 이봐 앨리스, 도대체 너는 (당신)이 몇이니? 알 수 없는 질문을 던지고 그대들은 듀엣으로 떠나갔겠죠 가죽 주머니는 삼백예순

날 제곱으로 (당신) (당신) 울고 어느새 (당신)은 포대 자루
만큼 늘어졌겠지요 이제는 그대들 그대들이 더 많아야만 해요
댁들은 그런 나를 잡년 화냥년이라고 부르지만 나는 그런 년
이 아니에요 나는 오로지 (당신)뿐이니까요.

키티는 외친다

장님이 되고 싶어! 거리에서 만난 내 친구 키티는 매독을 앓죠 주말의 우리는 자전거를 타고 언덕을 달려요 더 빨리 더 빨리 느린 건 질색이야 귀가 떨어져라 외치는 키티 우리의 몸이 나쁘게 변해가고 있어요 지구가 돌기 때문이죠 달님을 보세요 해님을 구름과 호수를 저 느림보들이 무슨 의미가 있을까요 우리는 일찍부터 호기심을 버렸고 나는 당신이 왜 우는지 알아요

우리는 약간의 도움이 필요해요 더 나빠지기 전에 더 빨리 더 빨리 장님이 되는 게 소원인 내 친구 키티는 밑구멍에서 박하가 녹는 것 같아! 진물이 흐르죠 아무것도 보지 않으려면 아무것도 듣지 않으려면 더 빨리 더 빨리 우리는 자전거를 타고 쏜살같이 언덕을 내려가요 느림보들의 충고는 듣지 않겠어요 지구에는 쓸모없는 것들이 너무 많죠 한 장의 흑백사진이면 충분할 것을

돈밖에 모르는 엄마는 안녕히 가시라고 그래요 내 다리와 두 팔을 자기 맘대로 하고 싶은 이도 저도 아닌 아빠 밤낮 인

형놀이나 하자고 보채고 외국인 클럽에서 산 흰 가루를 킁킁
거리며 오빠는 두 번 다시 듣기도 싫은 갓스피드*에 빠져 지
내죠 우리는 약간의 도움이 필요해요 우리의 몸이 이상하게
변해가고 있어요 그것을 지켜보는 것만큼 어색한 건 없죠 더
빨리 더 빨리 페달을 밟아 이 느림보 친구야 키티는 고래고래
고함을 지르고

　나는 당신이 왜 우는지 알아요 세상의 어떤 노래도 당신을
위로하지 못하고 아주아주 똑똑한 아저씨들조차 지구를 멈추
진 못해요 더 빨리 지구보다 더 빨리 나도 모르게 늙을래! 바
보 같은 소리를 지껄이는 내 친구 키티 날마다 새 빌딩들이
들어서고 도시는 거대해져요 밤은 낮보다 환하고 사람들은 점
점 세련되어져가지만 그것과 상관없이 죽음은 느리게 회전하
고 있고 죽은 것도 산 것도 아닌, 우리는 약간의 도움이 필요
해요.

　　* 포스트 록 밴드 Godspeed You Black Emperor!

왕은 죽어가다*

그러나 나의 악기는 아직도 어둡고 격렬하다

그대들은 그걸 모른다, 라는 말밖에 할 수가 없구나

그때 그대들을 나무랐던 만큼 그대들은 또 나를 다그치고
　나는 휘파람을 불며 가까스로 슬픈 노래의 유혹을 이겨내고
있는데

　오늘 밤도 그대들은 나에게 할 말이 너무 많고
　우리는 함께 그걸 나눠 갖기는 틀렸구나, 라는 말밖에 할 수
가 없구나

　불의 악기며 어둠으로부터의 신앙(信仰)……
　그렇다, 나는 혼돈의 음악을 연주하는 대담한 공주를 두었
나니
　고리타분한 백성들이여,
　기절하라! 단 몇 초만이라도

내가 뭐, 라는 말밖에 나는 할 수가 없구나

저기 붉은빛이 방문하고 푸른빛이 주저앉는다,
라는 암시밖에는 할 수가 없구나.

* 이오네스코의 희곡 제목.

사냥철

1

우편함 가득 붉은 글씨의 편지들이 날아들고 아버지가 네
발로 걷기 시작했다 그의 몸에 빽빽이 자라나는 검은 털을 바
라보며 *망할 놈의 영감탱이* 어머니가 서둘러 엽총을 구하러
간 사이 나는 두꺼운 책을 덮고 꿈틀거리는 핏덩이를 자궁 밖
으로 밀어내었다 아이는 울지 않았다 무서운 속도로 걸음마를
익히고 사방 피 칠을 하며 노란 방을 삐뚤삐뚤 걸어 다녔다
자리를 털고 일어나 나는 뜨거운 미역국을 끓였다

2

해 질 무렵 어머니가 엽총을 들고 돌아왔다 겁에 질린 아버
지가 기다란 꼬리를 끌며 구석을 옮겨 다닐 때마다 미역 비린
내가 코를 찔렀다 총을 가진 여자가 두려워 나는 이름도 얻지
못한 아이를 옷장 속에 처넣고 *제길 제길* 붉은 발자국들을 지
웠다 *어머니 어서 한 방 갈겨버리지 그래요 달도 꽉 찼는데*

노란 방을 흔들며 나는 그렇게 떠들어대고 있었다 아버지가 지그재그로 날뛰었다 *입 닥쳐 다음은 네 차례야* 총구를 겨누고 있던 어머니가 소리치자 옷장 속에서 더벅머리의 벌거숭이 사내아이가 뛰쳐나왔다 놀란 어머니가 휘청거리며 방아쇠를 당기고 창문이 날아가고 화약 연기 속으로 부리나케 달아나는 아버지 우물쭈물하는 어머니에게서 총을 빼앗아 든 사내아이가 개머리판을 휘둘러대었다 *이 에미 애비도 없는 자식* 어머니가 방문을 박차고 아버지를 뒤쫓는 어둠 속 달이 기울고 있었다

        3

   큰 소리가 모두 사라진 검은 방 나는 식어빠진 미역국을 그릇 가득 퍼 담으며 *생일 축하해……* 스무 살이 된 더벅머리 사내아이가 나의 머리통을 겨누고 있었다

고양이 짐보

내가 갸르릉거리면요, 딴 뜻이 있어서 그런 건 아니니까요
내 이름은 짐보 나쁜 친구들과는 더 이상 어울리지 않아요
쥐는
옛날부터 싫었구요 이 골목은 누구보다 제가 잘 알죠

세탁소집 아이는 미용사가 꿈이구요 열여덟에 결혼한 수리
공 마키는
말할 때 눈을 찡긋거리는 버릇이 있고 대장장이 키다리는,
아침부터 술이지요

내가 밤늦도록 갸르릉거리면요,
당신이 천방지축 꼬마였을 때 내가 아프게 할퀸 적이 있구나,
그렇게 생각해요 딴 뜻이 있는 건 아니니까요

시답잖은 얘기예요 고양이에게 왕국이니 전설이니……
당신들보다 나이를 조금 더 먹었을 뿐, 내 이름은 짐보
지붕을 뛰어넘다 애꾸가 되었구요 동네 고양이들은 나를 점
프왕 짐보

그렇게 놀리더군요 나쁜 마음을 먹을라치면 벌써 먹었죠

우리 고양이들은 칼날 같으니까요

그러나 눈이 꼭 두 개일 필요 있나요 친구들은 이 마을 저
마을

들쑤시고 다니지 못해 안달을 하지만, 많이 안다고

다 아는 건 아니죠 내 이름은 그냥 짐보 이 골목만큼은

눈 감고도 걸을 수 있죠

내가 만일 밤늦도록 갸르릉거리면요,

당신은 아직 꼬마고 당신은 울고 싶은 일이 참 많고

그러나 그 모든 게 지난밤, 짐보가 할퀴고 간 상처 때문이
라고

생각해요 당신들보다 나이를 조금 더 먹었을 뿐

딴 뜻이 있는 건 아니니까요.

디스코의 마지막 날들*

　사내가 한 뭉치의 눈을 들어 내밀자 가로등은 길고 흰 손으로 눈 뭉치를 쓸어내리며 말했다, 겨울

　훔친 누이의 베개를 부둥켜안고 놀았다 꿈에 죽은 외할아버지가 나타나 구걸을 했고
　사내는 비 내리는 마을 광장에서 누이의 베개를 훔친 대가로 나뭇가지를 먹었다
　고양이들이 혀를 찼다

　멀리 있는 친구에게 보낸 소포가 되돌아왔다

　구름들은 내내 위협적인 모양을 고수하였고

　다락방에 누워 사내는 작은 소리로 휘파람을 불었다 밤의 검은 보자기에서 부러진 건반들이 와르르 쏟아졌다

　언제부터인가 푸른 망토를 걸친 몇몇 아이들이
　차가운 갈대숲에 모여 뒤로 넘기 연습으로 한나절을 보냈다

지붕 위에서 사내는 그날치의 콘샐러드를 먹었다

반송되어 온, 하트가 그려진 빨간 에이프런을 깔고 앉아

새들이 날아오를 때마다 고우 어웨이 플리즈, 라고 읊조렸다

겨울, 길고 흰 손을 가로저으며 가로등이 말했다

* Yo La Tengo, 「Last Days of Disco」.

시코쿠 만자이(漫才)*
— 페르나 편(篇)

1

　고무인형이잖니 그건 먹는 게 아냐…알아요…그런데 왜
먹니?…웃고 있잖아요…웃고 있다니?…무서워요 즐거운 사
람들이…무서운 사람들이에요 홀로 휴일의 공원을 찾아본 적
있나요?…홀로? 휴일의 공원?…모른 체하시긴 그런데 이 지
독한 냄새는 뭐죠?…누가 고양이라도 태우나 보지…바보 저
기 시계탑이 불타고 있어요…빨간 애드벌룬 말이냐?…새들
이 허공에 꼼짝없이 매달려 있는 게 안 보이세요? 무슨 누런
꽃무늬들처럼…어른을 놀리면 못쓴다…완전한 어른은 없어
요…완전한 어른?…어린 시절의 회상에 빠져 있는 저 사내를
보세요 그는 어른인가요 아님 어린아이인가요?…엉뚱한 녀
석, 그래봐야 너는 절망과 불만을 혼동하는 어린애…글쎄요
새들은 왜 마주 보고 노래하지 않는 걸까요?…부끄러우니
까…짐승들은 왜 결투할 때만 서로 마주 보며 이야기하는 거
죠?…부끄러움을 잊었으니까…꼭 우리 두 사람 같군요 티격
태격 태격티격… 나는 페르나에 가요…페르나?…페르나, 시
계도 달력도 없고 아름다운 오빠들의 춤과 음악이 계속되

는…저기 쌍둥이 빌딩 사이 주름치마 같은 돌계단을 따라 올라본 적 있나요?…커다란 빌딩들이 쬐끄만 벌레 정도로 보일 때쯤 거기 페르나가 있어요…그곳에 도착하면 아저씨께 근사한 엽서를 보내드리지요…페르나, 처음 듣는 얘기로군 헌데 그곳엔 왜 가려는 게냐?…울기 싫어서요…울기 싫어서?…잠꼬대하기 싫어서요…잠꼬대?…잠꼬대, 밤마다 검은 노트를 펼치는 일 잊을 수 없는 페이지를 열고…붉게 번진 입술의 오빠를 오빠 곁에서 들끓는 개들을 개들을 때려잡는 아버지를…나무 위에서 덤불 속에서 뜨문뜨문 읽어내는 일 싫어요 페르나에선 잠들지 않고 아무도 울지 않죠…아저씨도 함께 갈래요?…페르나?…페르나…나는 아파서 못 가…어디가 아픈데요?…이곳을 떠나는 게…아파…아프죠 그러니 두려워하지 말아요…두려워하면 느려지고 눈치 빠른 아버지가 금방 알아채고 말죠…싱거운 녀석, 너는 페르나 따위가 정말 있을 거라고 생각하니?…페르나 따위가 왜 없을 거라고 생각하죠?…관두자꾸나…그래요 그만두죠…그런데 넌 원래 그렇게 울보였니?…아뇨…아님 뭐가 그렇게 널 슬프게 하는 게냐?…당신이…내가?…빠가…빠가라…

빌딩 사이로 난 작은 골목으로 총총히 사라지는 소녀
까맣게 타버린 시계탑이 힘없이 무너져 내리고
사내는 소녀가 버리고 간 고무인형을 한입 깨물어본다
골목 뒤편에서 시끄럽게 흔들리는 소녀의 웃음소리,
고무인형이잖아요, 그건 먹는 게 아녜요, 그건……

2

소년은 땀에 흠뻑 젖은 이부자리를 털고 일어나
페르나 페르나 사전을 뒤져보지만, 페르나라는 단어는 없다
방바닥엔 어지럽게 널려 있는 책들이며 옷가지들 그리고
창틈으로 날아든 정오의 눈부신 엽서 한 장이 기다랗게 놓
여 있었다.

* 일본의 전통 예능, 만담의 한 종류.

셀프 포트레이트_스물

괜찮아요 매니큐어를 처음 바를 땐 누구나 어색하죠 여자들도 그런걸요 모처럼 윙크를 보냈는데 여자는 두 눈을 호오 불어주네 이상해요 비가 그치질 않아요 지붕들이 물에 잠기고 물고기들은 허락도 없이 담을 넘어요 냉장고를 뒤져요 퐁퐁퐁 검은 물을 뱉으며 피리가 떠내려가요 무서워 나는 벌벌 떨어요 사람들은 왜 말을 타기 시작했을까요 답답해 나를 가득 채우는 소리 모처럼 윙크를 보냈는데 여자는 두 무릎에 얼굴을 묻네 아버지는 나를 강제로 말에 태우려고 했어요 축축한 안장이 괴물처럼 싫었는데 꿈속의 아버지는 막무가내였죠 아 빗방울이 점점 굵어져요 소파가 뒤로 넘어가요 고양이! 예요 한쪽 발을 잃었어요 가여워라 가여워요 지난밤 산책에서야 나는 알았죠 스물, 뒤따라온 늙은 개가 일러주었어요 모든 게 순조로울 거예요 끄지 말아요 라이터, 싫어요 말발굽 소리 달아나는 겁먹은 심장 겨우 스물인걸요 집들이 물에 잠기고 무서워 벌벌 떠는 가구들 괜찮아요 매니큐어를 처음 바를 땐 누구나 어색하죠 여자들도 그런걸요 이제 갓 스물 액자 속의 저 나비는 꽃으로 내려앉는 걸까요 날아오르는 걸까요 모처럼 윙크를 보냈는데 뷰파인더 속의 여자는 찰칵 찰칵 빨간 손톱을 물어뜯네

불쌍한 처남들의 세계

친구에게, 라고 적어봅니다

비 내리는 오후 유리창이 침을 흘려댑니다 배가 고파서

사실 가정을 갖는 일에는 늘 실패합니다

책임감은 언제나 그림자의 발뒤꿈치로 달아나고

하루는 그림자와 손을 맞대고 다짐합니다 서로에게 본보기
가 되자고

찬 벽이 싫어서 얼른 손을 떼었지만

오늘 밤은 얼굴이 조금 가렵습니다

뭐랄까, 나는 낭만적인 사람에 가깝다고 해야 할까요. 부끄
러운 줄도 모르고,

사람들은 자신이 만든 음악에 취해 왕관을 꿈꾸고

새 옷과 구두를 장만하지요

나는 그렇게 하는 대신, 긴 그림자가 사라지는 먹구름의
오후

종이 위에 친구에게, 라고 적습니다

친구여 자네를 누나라 불러도 좋을까, 꾸욱 눌러쓰며 말이죠

매형, 세상에는 참 불쌍한 놈들이 많습니다.

제2부

어린이_행진곡

밤낮없이 땅을 파내려갔습니다 꽃삽을 들고. 나는 달고 맛있
는 꿈을 꾸었죠(1980-) 지상에서 멀어질수록 달고 맛있는 건
참 많구나. 나는 이름들을 기억하느라 머리가 아팠죠(1987-)
오늘 밤은, 두통 속에서 어느덧 지구를 한 바퀴 빙 돌아 처음
으로, 텅 빈 집터로 다시 돌아왔습니다(1994-) 스물다섯, 눈
을 조금 떴고 귀가 먹었죠.
    침묵을 모르는 여자의 순간적인 침묵처럼(1997-)

    오늘 밤은, 남자도 없는 방에서 느릿느릿 짐을 꾸리는 여자
처럼(1999- 굿바이) 머리칼을 씹었죠 검은 물이 쭉 빠지도
록. 엄마도, 누이도 모두 떠나간 텅 빈 집터에서 방과 방을 오
갔죠(2000-) 빽빽한 손잡이를 돌릴 때마다 어디선가, 안녕하
시오 황 선생! 나는 놀랐습니다 귀머거리 주제에(2004) 잘
가 잘 가시오! 흰 머리칼을 우물거리며
    서른다섯, 괘종 괘종 괘종 겨울이 다 가도록 오늘 밤은, 두
리번 두리번거렸죠.

어린이

바닥까지 미개해져서 우리는 만난다
나의 엄마는 더럽고
너의 아빠는 뽀뽀 악수
떠오르는 몇 개의 단어, 몇 줄의 엉터리 문장
백지 위에 얼룩을 남기며
살려고도, 죽으려고도 하지 않는
과자나라의 왕들처럼

우리는 다시 만난다
머릿속은 마른 조개처럼 텅 비고
발톱은 새의 부리처럼 두껍고 단단해져서
그르릉 소리가 터져 나오기 전에!

너의 얼굴은 온통…… 잘생기고
못생기고의 차원이 아니야, 뭔가가 있어, 뭔가 어리석고 역
겨운 것이!

나는 무척 마음에 든다

나는 무척 마음에 들어

우리는 만난다
너의 아빠는 썩고
나의 엄마는 맘마 장난감
우리가 가진 전부, 몇 개의 단어
몇 줄의 엉망의 문장으로
우리가 믿는 것은 모조리 검고
이것이 우리의 원래 눈빛
뜨겁지도, 차갑지도 않은
고무나라의 인형들처럼

우리는 다시 만진다

에로틱파괴어린빌리지의 겨울

태양 남자 애인 하나 없이 46억 년 동안 하루도 빼놓지 않고 지구를 비췄다 왜, 무엇 때문에, 무슨 영화(榮華)를 누리겠다고. 여름, 일 년에 한 번 나 자신을 강렬하게 책망했다

늙은 나무들 과수원 바닥에 사과 배 대추 감, 열매들이 떨어질 땐 너희들이 먹어도 좋다는 게 아니고 우리들이 또 한 번 포기했다는 뜻이다, 가을

미스터 정키 어떤 계절은 남녀를 가리지 않을 정도로 뜨겁고 또 어떤 계절은 순식간에 싸늘해져서 남자도 여자도 그 어느 누구도 사랑할 수 없을 정도로 뿌리부터 차가워지지

힙합 소년 j 친구들은 늘 우정이 어쩌구 선후배가 어쩌구 떠들어대지만 스윗 숍sweet shop 앞을 지날 때면 부모 형제도 몰라봅니다 친구들은 커서 달콤한 가게의 핌프pimp가 되겠죠 나는 다릅니다 나는 생각이 있어요 붓질을 잘하면 도배사 하지만 글을 배워서 서기(書記)가 되지는 않을 거예요

이소룡 청년 차력사인 아버지의 쉴 새 없는 잔소리에 머리가 늘 깨질 듯이 아팠다 쌍절곤 휘두를 힘도 없다 가끔 정키 씨를 불러 리밍*을 시켰다

저팔계 여자 벽을 따라 게처럼 걸었죠 귀에는 이어폰을 꽂고 볼륨을 높였지만, 녀석들의 킬킬거리는 소리가 땅 파는 기계처럼 내 몸을 흔들었죠……

그러나 더는 울지 않는 여자, 거리의 핌프들에게 심한 모욕을 당한 뒤 방문을 걸어 잠그고 날마다 순돈육 소시지를 먹었다

그리고 겨울 날개를 가진 짐승들은 모두 남부 해안으로 떠나고 이제 비유 없이는 한 발짝도 전진할 수 없는 계절

깊은 밤이었고 눈이 내렸다
스윗 숍에서부터 시작된 불길은 *에로틱파괴어린빌리지* 전체로 번져나갔다

늙은 나무들은 포기를 모르고 맹렬히 타올랐다

힙합 소년 j는 달콤한 가게의 구석방에서 창녀들과 뒤엉킨 채 숯불구이가 되었고

이소룡 청년은 차력사인 아버지를 때려눕히고 아비요! 교성을 지르며

늙은 남자의 항문에 쌍절곤을 쑤셔 박았다

죽음도 삶도 아닌 세계, 붉은 해초들이 피어오르는 환각 속에서

미스터 정키는 끝없이 헤엄쳐 나갔고

태양 남자, 언덕 위에 누워 46억 년 만의 휴식처럼

에로틱파괴어린빌리지의 겨울을 내려다보았다

누가 만든 불일까, 잘 탄다

저팔계 여자는 순돈육 자지를 달고 불 속을 걸었다

* 항문 주위를 핥는 것.

부드럽고 딱딱한 토슈즈

나 아끼코는 그렇게 하는 것이 나쁘다, 라고 생각하지만
그것은 나빠요 싫은 행동이에요, 라고 말하는 순간
나 아끼코가 더 나쁜 사람이 되고 마는 건 왜일까
그렇다고 침묵을 하면 뭔가 달라질까
그래도 역시 나쁜 사람이 되고 만다

나 아끼코를 초(超)비참하게 만들지 않는 한
앞으로는 그렇게 하는 것이 꼭 그렇게 나쁘지만은 않다,
라고 타협을 할까 한다

저녁에는 극단(劇團)의 언니 오빠들과 함께 장어 멍게 해
삼을 먹었다
그것들의 공통점은 물에서 산다는 것이지만
그것들이 얼마나 서로를 이해하고 존중하는지는 모르겠다
서로 얼마나 궁합이 잘 맞는 음식인지도
나 아끼코는 모르겠다

장어 한 번 멍게 한 번 그리고 해삼…… 이렇게 순서대로

먹었다 계속해서

뭔가 석연치 않으면서도 나 아끼코는 한껏 온아한 표정으로
건배를 하고 뉴스를 보며 오물오물 수다를 떨었다

아끼코 상! 아끼코 상! 그렇게 하는 것이 나쁘다고 말하는
사람은
아무도 없었다

다들 그렇게 하는 것이다
다들 그렇게 한다는 것은 그것이 머리의 차가움을 유지하
는 데
도움을 주기 때문이 아닐까

비옷을 입은 기자는
장마 통에 집이 무너져 사람들이 깔려 죽었다고 전한다
나 아끼코에게 집이라는 건 빗소리를 듣기에 참 좋은 장소
인데……

비 때문에 집이 무너지고 사람들이 깔려 죽었다는 보도는
언제 들어도 즐거움과 초재미를 준다.

핑크트라이앵글*배(盃)
소년부 체스 경기 입문(入門)

웃으면 좋다는 거고 인상 쓰면 싫다는 거지 어렵게 생각하
는 습관을 버려
문어는 만화에서처럼 코가 달렸고 먹물을 발사하지

언젠가 나는 소문이 싫어 고양이 수염을 잠깐 달았지만
그림자에 지나지 않았어 아직은 별명을 쓰는 친구들이야 모
두들 체스를 좋아해
앞치마 두른 동물들은 모두 일하러 가고 이렇게 큰 풀밭은
처음 봐
나른한 텐트 속에 버려진 네 다리는 꼭 투명한 푸딩 같구나
언젠가 너도 꼬리를 감추고 잠깐, 흔들린 적 있겠지
늙은 마초macho들! 앞에서 멍청하고 냄새나는 여자애들과
시키면 시키는 대로 손잡고 노래 부르던 시절
그땐 얼마나 얼굴이 화끈거리던지 그림자에 지나지 않았어

꼬리도 없는 고양이를 왜 핑키라고 하니?!
고양이는 그렇게 키우면 못써 고양이는 꼬리지
체스판 위의 말을 한 칸씩 옮길 때마다

어색한 수염을 하나씩 떼버린다면, 웃음거리가 되겠지 당장은

　별명을 쓰는 친구들이야 전쟁이 필요한 녀석들이지 다행히 체스를 좋아해

　이렇게 큰 풀밭에서 서로의 길고 짧은 꼬리가 되어

　단단한 파이프에 불을 붙이면 하아 잎 타는 냄새가 좋아

　날개를 파닥거리며 불을 연주하는 나방들

　중절모를 물고 꽃밭을 달리는 셰퍼드들

　체크를 외치면, 한 사람씩 가라앉는 거야

　* 동성애 운동과 게이 프라이드의 상징 마크.

메리제인 요코하마

메리제인.
우리는 요코하마에 가본 적 없지
누구보다 요코하마를 잘 알기 때문에

메리제인. 가슴은 어딨니

우리는 뱃속에서부터 블루스를 배웠고
누구보다 빨리 블루스를 익혔지
요코하마의 거지들처럼.
다른 사람들 다른 산책로

메리제인. 너는 걸었지

한 번도 가본 적 없는 도시,
항구의 불빛이 너의 머리색을
다르게 바꾸어놓을 때까지

우리는 어느 해보다 자주 웃었고

누구보다 불행에 관한 한 열성적이었다고

메리제인. 말했지

빨고 만지고 핥아도
우리를 기억하는 건 우리겠니?

슬픔이 지나간 얼굴로
다른 사람들 다른 산책로

메리제인. 요코하마

둘에 하나는 제발이라고 말하지

천장에 붙은 파리는 떨어지지도 않아 게다가 걷기까지 하네 너에게 할 말이 있어 바닷가에 갔지 맨 처음 우리가 흔들렸던 곳

너는 없고 안녕 인사도 건네기 싫은 한 남자가 해변에 누워 딱딱 껌을 씹고 있네 너를 보러 갔다가 결국 울렁거리는 네 턱뼈만 보고 왔지

수족관 벽에 머리를 박아대는 갑오징어들 아프지도 않나 봐 유리에 비치는 물결무늬가 자꾸만 갑오징어를 흔들어놓아서

흑색에 탄력이 붙으면 백색을 압도하지만 이제 우리가 꾸며대는 흑색은 반대편이고 왼손잡이의 오른손처럼 둔해

파리처럼 아무 데나 들러붙는 재주도 갑오징어의 탄력도 없으니 백색이 흑색을 잔뜩 먹고 백색이 모자라 밤새 우는 날들

매일매일의 악몽이 포도알을 까듯 우리의 머리를 발라놓을

때쯤 이마 위의 하늘은 활활 타고 우리는 더 이상 견딜 수 없
는 검은 해변으로 달려가

　반짝, 달빛에 부러지는 송곳니를 드러내며 서로에게 핫, 댄
스를 청하지 누가 먼절까

　둘에 하나는 제발이라고 말하지

혼다의 오·세계(五·世界) 살인 사건

히데키는 죽을 고비를 여러 차례 넘긴 신사복 모델처럼 호리호리하나 어딘가 공포에 질린 듯한 표정을 지닌 중년의 사내. 노리코를 버리고 리사와 동거 중이며 렌에게 휘파람 부는 법을 배우고 있다

리사는 알래스카 북쪽의 한 통조림 공장에서 십 년 넘게 근무한 경력을 가지고 있다 십 년, 청춘을 고스란히 깡통에 담은 셈이다 그녀는 TUNA라는 글자가 박힌 티셔츠 두 벌을 가지고 있다

카즈나리, 그는 동생과 고아원을 도망친 이후로 줄곧 이 마을에서 살고 있다 카즈나리는 한겨울에도 옷소매를 걷어붙이고 다니는데 복수, 라고 파랗게 새겨진 팔뚝을 내보이기 위해. 그는 사부로를 폭행한 적이 있고 얼마 전 미호를 강간하였다

창밖의 새들이 뒤로 잠깐 날았다, 떨어진다

미호, 철로변에 앉아 늘 생각에 잠기는 소녀 그녀는 한쪽

팔이 썩어 들어가는 이름 모를 병을 앓고 있다 미호는 잘 때도 보라색 비로드 블라우스를 걸친 채 잠자리에 들었다 히데키의 딸이다

신경쇠약의 노리코, 사랑에 늘 굶주려 있는 여자 히데키에게 버림받고 코카인에 빠져 지내는 여자 그녀는 카즈나리와 내연의 관계이며 사부로의 여동생이다

그리고 이상한 사내 사부로, 그는 종종 벽시계를 내려놓고 그 위에 두 손을 펼친 채 불을 쬐며 하루를 보낸다 시계는 데려간다, 고 생각한다 그는 시간 여행에서 돌아올 때마다 그가 가장 아끼는 오렌지 나무에 입 맞추었고 사모하는 리사에게 동전 한 닢을 몰래 건네주었다 리사는 그것을 통조림 깡통에 담아두었다

장발의 유사쿠는 카즈나리의 동생. 어린 시절부터 카즈나리에게 매를 맞고 자란 유사쿠는 말을 더듬는 버릇이 있고 카, 카즈나리는 사, 사람의 새끼가 아니야, 라고 미호에게 몇 번이

나 울먹인 적이 있다 미호는 그런 유사쿠에게 연민을 느꼈고 처음으로 보라색 비로드 블라우스를 벗었다 유사쿠는 사부로를 친아버지처럼 따랐다

그리고 나, 나는 지금까지 열거한 이들의 정원을 관리하는 사람이다 이름은 혼다. 렌과 함께 살고 있으며 그와는 언제부터인가 서로의 일기를 적어주는 사이.

창밖의 바람이 담쟁이를 물고 늘어진다

지난밤, 카즈나리가 죽었고 지금 내 앞에는 무시무시한 표정의 렌이 앉아 있다

렌, 내 말 좀 들어보게. 오렌지 나무, 밤사이 사부로가 아끼는 오렌지 나무가 히데키의 집 정원에 버려져 있었네 무슨 영문일까, 나는 그것을 옮겨 심으려다 손이 좀 더러워진 것뿐일세

렌이 타이핑을 멈추고 나의 따귀를 갈겼다 그리고 다시 타자기 위로 손을 가져가는 렌

미안하네, 실은 동전, 때 묻은 동전을 세다가 나는 깜박 잠이 들었고 잠결에 히데키의 목소리가 어렴풋이 들려왔네,

이봐, 혼다. 사부로의 집과 정원이 모조리 불타고 있어 사부로가 카즈나리를 죽였다는군 마을이 온통 난장판일세 갈보년 노리코는 불 속에 갇혀 있고 이봐, 어서 좀 일어나보게

나는 일어나지 않았네 꿈이겠거니 했지 자네도 알지 않나 생크림을 한 스푼 떠먹고 잠드는 습관 달콤한 입술을 혀로 핥으며 나는 계속 잤지 뭐야 잠결에 다시 다급한 목소리가 들려왔네 이번엔 사부로였지.

혼다, 내 벽시계가 엉망이 됐어 머리부터 발끝까지 열두 시부터 열두 시까지 얽히고설켰네 오렌지 나무는 미움으로 목이 마르고 뿌리부터 줄기까지 모두 엉망이 되고 말았네

나는 자리에서 일어나 창문을 열었네 어찌 된 영문인지 창
가에는 히데키의 딸, 미호가 서 있었고 그녀는 계속해서 사부
로의 목소리로 말했네,

*어이 친구, 돈 가진 거 있나 그럼 좀 빌려주게 썩어 들어가
는 팔을 당장 잘라내야겠어*

나는 서랍을 뒤졌고 그런데 이게 왜 여기 있을까, 생각하며
리사의 통조림 깡통에서 동전을 털어 주었네 제발 믿어주게
렌, 난 아무것도 모르네 여하튼 나는 의아해하며 물었네, 이
봐 사부로, 자네 집에 불이 났다고 히데키가 그러던데, 어찌
된 일인가 그러자 미호는 사부로의 목소리가 아닌 자신의 목
소리로 소리쳤네,

다 그 개자식들 때문이에요, 휘파람 부는 호모들!!

창밖의 새들이 뒤로 잠깐 날았다, 떨어진다

지금 내 앞에는 난감한 표정의 렌이 앉아 있고

그가 더듬거리며 입술을 연다 히데키가…… 히데키가……

엉터리들.

나는 주먹으로 렌의 얼굴을 후려갈겼다 그리고 타자기를 내 앞으로 끌어와 자판을 두드리기 시작했다

히데키가…… 꽃삽을 빌려달라기에…… 내가 꽃삽을 들고 그의 집에 들어섰을 때, 리사는 지하 창고에 갇혀 괴상한 신음을 지르고 있었어 히데키는 내가 들고 있던 꽃삽을 마당으로 팽개치며 다짜고짜 내게 휘파람 불 줄 아느냐고 물었지 나는 그렇다고 대답했고 그는 나를 곧장 자신의 침실로 데려갔네.

……밑구멍 같은 새끼. 나는 렌의 입술을 동그란 입술을 한참 동안 노려보았다

히데키는 매일 밤 이상한 꿈을 꿨대 리사의 TUNA 티셔츠를 입은 사부로가 그의 얼굴을 향해 검은 오렌지를 집어던지는 꿈 썩은 오렌지에선 골 때리는 냄새가 났고 사부로가 그의 얼굴을 한 번씩 맞힐 때마다 히데키의 외투 주머니에서 한 움큼씩 동전을 훔쳐갔대 히데키는 공포에 질린 표정으로 말했어,

자네가 나 대신 이걸 좀 맡아주겠나, 그는 동전 가득한 통조림 깡통을 내게 건넸고…… 히데키가 가여워…… 히데키가 너무 가여워서……

미호는 날이 갈수록 배가 불러왔네 험악한 얼굴의 카즈나리는 자신이 미호의 아기 아빠라며 히데키를 협박하기 시작했어 카즈나리는, 알래스카에서 리사가 모아놓은 재산을 히데키가 관리하고 있다는 사실을 이미 알고 있었지

그러나 문제는 노리코였네 내연의 관계인 카즈나리가 전 남편의 딸인 미호에게 눈독을 들이는 것이 못내 불안했던 그녀는 약에 잔뜩 취해 카즈나리의 동생, 유사쿠를 찾아가서 미호가 강간당한 사실을 떠벌렸고, 일종의 릴레이가 시작되었네

형의 이름만 들어도 공포에 떠는 유사쿠는 금세 분노에 휩싸여 미호에게 달려갔고, 바통을 이어받은 미호는 그 사실을 알게 된 유사쿠에게 심한 죄책감을 느끼며 곧바로 총을 꺼내 들고 카즈나리라는 피니시 지점으로 돌진했던 걸세.

히데키는 임신한 딸이 감옥에 가는 걸 원치 않았겠지, 세상의 여느 아버지들처럼.

렌, 휘파람 좀 불어주겠나 아직 잠들지 않았다면 말이야 그래줄 수 있겠어 자네의 동그란 입술로 마술을 좀 보여주겠나……

히데키가 불쌍해…… 히데키가 너무 불쌍해서…… 나는 카즈나리의 시체를 가져다 사부로의 정원에 버렸네 현관은 열려 있었고 거실은 텅 비어 있었지 바닥에 놓인 사부로의 벽시계는 붉고 뜨거웠어 나는 카즈나리와 사부로가 실랑이를 벌인 것처럼 보이도록 거실을 엉망으로 만들고 사부로의 벽시계를 부쉈네 그러고는 집에 불을 질렀지 이층에서 울며불며 오빠를 기다리는, 약쟁이 노리코에게 거대한 오렌지가 흔들리는 환각

을 선물했네

그 시각, 사부로는 시간 여행에서 돌아오는 길이었고, 그날
도 지하 창고에 들러 사모하는 리사에게 동전을 건네주고 있
었네 유사쿠는 피로 물든 블라우스의 미호와 함께 사부로가
가르쳐준 대로 시간 속으로 떠난 뒤였고, 알다시피 사부로의
벽시계는 박살이 났고, 그것으로 끝이었네 모든 것이 흑색백
색 뒤죽박죽 엉망이 되고 말았지. 혼다, 혼다……

창밖의 바람이 담쟁이를 물고 늘어지는 오후
텅 빈 하늘, 지금, 여기는, 발등을 보며 걷는 분위기

나와 렌은 타자기를 한쪽으로 밀어놓고
리사의 통조림 깡통을 꺼내어 동전, 때 묻은 동전을 세었다
사랑한다 사랑하지 않는다 사라진다 사라지지 않는다……
사부로의 목소리로 소리치던 미호가 죽은 새들을 피해 도로
를 가로지르고 있다
TUNA라는 글자가 박힌 티셔츠 두 벌을 불편하게 껴입고

썩어 덜렁거리는 팔을 흔들며.

히데키가 렌을 애타게 부른다 다급하게 창문을 두드리는 소리.

렌은 동그란 입술로…… 떨리는 입술로……

오렌지 나무, 나는 말라 죽은 오렌지 나무에 대해 생각했다,

렌의 입술에서 멜로디에서 풍기는 골 때리는 냄새를 오래오래 맡으며.

no birds

새들이 날아오르는데, 하늘 가득
아이는 노 벌즈! 라고 외쳤네
새를 사러 나간 엄마를 기다리며
해 지는 텅 빈 놀이터를 꽝 꽝 울려대는 소리

노 벌즈, 노 벌즈!

—새들이 제멋대로 허공을 날아다니는 걸 견딜 수가 없어
요, 여보

엄마는 매일 저녁 새를 사러 가지요

—에미야, 새를 사려거든 잉꼬를 사렴 덩치 큰 네 시어머니
는 잉꼬를 좋아했지

할아버지는 새 모이를 너무 많이 주고요

—울부짖도록 그냥 내버려둘 거예요?! 저 새들, 애완용 개

118

들처럼 성대를 잘라버려야 해욧!

　자살에 실패할 때마다 팔뚝에 앵두알만 한 담뱃불 자국을
남기는,
　누나는 젓가락으로 새장 안의 새들을 위협하기 일쑤

　―여보, 갇힌 새들은 무서워 꿈속으로 날아들거든 잘려진
내 두 다리가 글쎄 새장 속에서 발버둥치는 거야, 제길

　매일 아침 아빠는 새들을 날려 보내지요.

　하늘 가득, 새들이 날아오르는데
　모래밭을 달리며 그네를 이리저리 흔들며
　해 지는 텅 빈 놀이터를 꽝 꽝 울려대는 소리

　―새는 없다고요, 새 따위!

　소리쳐보지만 아무도 나의 말을 듣지 않지요.

비의 조지아*

어둠이 내리는 호수에 발을 담그고
우리는 읊조린다, 조지아…… 비의 조지아……
기우는 나무 곁에서 흩어지는 바람 속에서
덫에 걸린 고양이처럼 서서히 오그라드는 귓바퀴처럼
조지아…… 오우 조지아, 라고.

서른 살, 우리는 비 내리는 조지아에 살았다
마을 주변에는 나무 숲 호수가 있었고
우리는 그것들을 그냥 나무 숲 호수라고 불렀다 이름을 지
우고
뻔뻔스럽게 우리는 서로에게 안녕 자네 이 사람, 인사를 건
넸다
오우 조지아, 꼬집고 때리고 발가벗겨 모욕을 주고 싶었으나
다정한 입술을 내밀어(독사에게나 물려 뒈져버렸으면, 하
는 마음으로)
서로의 손등에 입 맞추었다 쯔으읏 쯔으으으읏…… 풀숲에
얼굴을 감추고
밤새도록 귀뚜라미들이 혀를 차는 비의 조지아,

앙금들, 우리의 첫인사는 시작되었고

좋았다, 마을 주변을 건들거리며 보내는 날들
우리는 조금 늦게 철이 들었고 아무것도 믿지 않았다 분명
하다는 것은
의심할 게 없다는 것이지만 우리는 그게 싫었다, 아버지
조지아를 더욱 조지아답게! 아버지의 아버지가
아버지에게 그것을 보여주었고 죽을 때까지 물고 늘어졌다
는 것은
죽을 때까지 의심했다는 것이고 우리는 그게 좋았다.
때때로 빗줄기가 사라지는 조지아의 밤, 그런 날이면
우리는 우리도 모르는 사이에 숲에 들어가 불을 놓았다
불길이 구름의 모양을 천천히 변화시키는 모습을 바라보며
아무도 서로를 추궁하지 않았다, 우리도 모르는 사이에
우리가 저지른 일이므로. 제발 조지아, 젖은 머리칼이 약간
얼굴을 가렸을 뿐

좋았다, 숲의 나무들은 때가 되면 다시 자랄 것이고

지나가는 구름은 빗방울은 언제나 네 맛도 내 맛도 아닌

미지근한 맛으로 우리는 우리의 꾸물거리는 혀가

맛대가리 없는 빵처럼 서서히 부풀어 오르는 듯한 착각에
빠졌고

어린애들처럼 진창에 착착 발을 구르며 기분을 표현했다.

……비의 조지아, 빗줄기는 또다시 퍼붓고

우리는 동시에 젖은 외투를 머리 위로 끌어올리며

어서 들어가 머리나 좀 말리게 이 사람아, 동시에 돌아섰다

(산 채로 내던져져서 독수리 밥이나 되었으면, 하는 마음을
숨기고)

목소리…… *심장의 힘찬 박동과*…… *다정하게 건네는 악
수*……

경건함이 배인 발걸음…… *조용한 미소,*

그것들이 마치 끝없는 길과 같아서

어딘가에 있을 당신에게로 이끌어줄 수 있다면

그것들이 마치 눈앞에 펼쳐진 지도와 같아서

우리로 하여금 당신이 있는 곳 정확하게 짚어낼 수 있다면

서른 살, 우리는 비 내리는 조지아에 살았다. 아버지의 아버지가 그랬던 것처럼

조금씩 서로를 닮아가며 이도 저도 아닌 첫인사의 추억을 나눠 가진 채

(이빨을 죄다 펜치로 뽑아버릴 걸 그랬지, 역시 그런 속마음을 감추고)

거무죽죽한 빛깔의 혀를 내밀어 처음 느꼈던 그 비의 맛, 그저

좋았다, 밤에도 낮에도

언덕을 오를 때에도 숲길을 지날 때에도

우리는 읊조린다, 덫에 걸린 고양이처럼 ·

서서히 오그라드는 콧잔등처럼

조지아…… 오우 조지아, 라고. 기억할 수 없는 순간까지

우리는 비 내리는 조지아를 떠돌았다.

* 브룩 벤튼의 노래 제목.

해프닝_아홉소ihopeso 씨(氏)의 금빛 머플러

1

다락방
난쟁이 소녀
차근차근
빨간 종이로 접는 귀

2

저 높은 언덕 위의
아홉소 씨,
목이 말라서 대낮을 찢고 나왔죠
그의 등 뒤로 출렁 출렁
타오르는 갈대밭

밤의 골목
갈증을 채우고 도토리를 잃었죠

빈 주머니
나쁜 마음의 태양

   3

뛴다, 소리치는 골목
벗어 던진 하이힐
타오르는 금빛 머플러의 밤
검은 눈 검은 머리칼의
맨발의 여자

   4

저 높은 언덕 위의 떡갈나무는 계절을 센다
도토리 한 번
도토리 두 번

도토리 세 번

5

다락방
난쟁이 소녀
검은 눈 검은 머리칼의
맨발의 여자

방 안 가득
빨간 귀에 대고
차근차근 풀어 놓는
금빛 머플러 이야기

6

밤의 골목
기다린다
젖은 눈 젖은 머리칼의
버려진 하이힐을 신고
한 뼘이나 커버린
난쟁이 소녀

외투 주머니 가득
매만지는
도토리
빨간 귀

7

저 높은 언덕 위의 떡갈나무는 계절을 센다

도토리 한 번
도토리 두 번
도토리 세 번

8

부끄러워서 대낮을 찢고 나왔죠

밤의 골목
난쟁이 소녀에게 도토리를 돌려받고
따귀를 맞았죠

저 높은 언덕 위의
아홉소 씨,
등 뒤로 출렁 출렁
타오르는 금빛 머플러
불거진 주머니

나쁜 마음의 태양

빨간 귀를 달고
하루 종일 떡갈나무 아래서 울었죠.

밍따오 익스프레스 C코스 밴드의 변

우리는 똥이 막 나오려고 하는 순간의 감정, 이 세상에서 가장 부끄러운 감정으로 음악을 만들었네 사라지려는 힘과 드러내려는 힘의 긴장 속에서 악기를 연주하고 노래를 불렀지 우리가 생각하는, 우리들만의 익스페리멘틀experimental이라고, 라고나 할까

우리는 우리의 첫 앨범을 들으러 온 프렌드십들과 함께 양초를 여러 개 켜놓은 방에 둘러앉았네 그 모습은 마치 거인족이 사는 마을의 약간 기울어진 구름 모양을 닮았다, 라고 말하면 좀 이상하게 들릴 수도 있겠지 밴드의 막내 요시다는 시디를 돌렸고 첫 트랙의 느린 멜로디가 흐르자 그곳에 모인 약간 기울어진 모양의 구름들은 서서히 엉겨 붙기 시작했네 우리는 표정으로 서로의 마음을 다 읽었어 크고 작은 구름들이 커다란 산맥을 향해 천천히 몰려갔으니까, 밍따오들

작년 겨울의 일이었네 우리는 그 뒤로 두 번 다시 그때의 감정으로 연주할 수 없었다, 라고 말하면 너희는 오우, 약간 과장된 표정을 지을 수도 있겠지 극복해야 하는 순간이 온 것

이야 항상 그런 것은 아닐 테지만 이미 경험해버린 우스스한 감정들(그것은 우스스했다, 우스스, 라고 밖에는……)은 그 이상의 것을 요구했고 그것은 인격의 성장이나 혹은 변태적인 행위에의 몰입과는 또 다른 어떤 것이었네

다른 밴드들 역시 우리와 같은 순간의 낭패감을 경험했을 것이고 그들은 갑자기 너무 어른스러워지거나 터무니없이 유식해지거나…… 더 이상 음악이라고 할 수 없는, 도무지 엉터리 라라라에 남은 열정을 허비하고 있어, 밍따오들

우리는 잠깐의 혼동 속에 있고 그 혼동을 위장하려고 애쓰지만 않는다면 말이지 약간 기울어진, 거인족의 머리 위를 흐르는 구름들…… 이제 우리는 그것을 본 적도 만진 적도 알았던 적도 없는 거야, 우리는 얼마간 서로를 위로해야겠지 금세 마흔이 되고 오십이 될 테지만 점점 더 똥 마려운 익스페리멘트에 사로잡히고 점점 더 기울어져서 어느 죽음과 가까운 우스스한 산맥을 지날 때쯤, 우리는 언젠가 환각 속에서 스쳐 지난 적 있는, 어느 외로운 말을 타는 자들의 땅을 내려다보며 조금씩 서서히 한 덩어리의……, 밍따오들

판타스틱 로맨틱 구름

변덕쟁이 여자는 늙도록 이곳저곳을 흘러다니며 구름만큼
이나 많은 남자들을 만났다 어디를 가든 누구를 만나든 나의
이름은 구름이다, 구름만큼이나 시시한 소개를 늘어놓으며 판
타스틱 로맨틱 언덕에서 첫아이를 뚝 떼어 만들고 이름 모를
호수와 굴뚝을 옮겨 다니며 구름만큼이나 많은 아이들을 남겨
둔 채 어디론가 흩어졌다 구름만큼이나 가벼운 짓이었다 어머
니 없이 자란 소녀들은 어느새 주먹만 한 유방을 달고 어머니
를 쏙 빼닮은 얼굴로 크고 작은 고민에 빠진다 아름다운 것
비극적인 것에 이끌려 진정한 로맨스란 무엇인가 만남과 이별
눈물과 후회 날마다 수다를 떨고 솜털의 소년들은 소녀들의
꽁무니를 따라 다니며 나의 이름은 구름이다, 구름만큼이나
낡아빠진 목소리로 위대한 것 웅장한 것을 노래하느라 정신이
없다 꿈속의 수많은 아버지들이 짓다 허문 모래성이라는 것
이미 다 들통났는데…… 창밖의 판타스틱 로맨틱 소년 소녀
들은 뭉쳤다 흩어지고 다시 뭉쳤다 흩어지며 오후 내내 구름
만큼이나 시시한 짓들을 벌이고 있었다.

버찌의 계절

이봐 이츠이, 거울 밖의 네 얼굴은 꼭 내 얼굴 같구나
우리 서로 첫눈에 반해버렸지만
단 한 번의 키스도 나눌 수 없어
이제부터 나는 기다란 수염을 달고
아무런 화면도 보여주지 않을 거야……

나의 사랑 나의 아게하

이 밤의 여행은 너무도
가난하고 뻔뻔스럽구나

이제 얼굴을 적시고
왕처럼 자리에서 일어나
두꺼운 외투를 팔러 가자

나의 사랑 나의 아게하

누구에게도 불려지지 않은 이름, 당신은 두 배나 되는 사람

당신에겐 아름다운 아들딸들이 두 배나 있고

두 배나 되는 당신이 늙지도 않는 시인이라는 사실을 알게
된다면

사춘기의 아이들은 뱃속으로부터 두 배나 일찍 늙겠지

노래가 되지 못한 시와 철학이 무슨 의미가 있을까

이제 곧 달고 맛좋은 버찌의 계절

그러나 당신은 이미 오래전에 내가 만든 노래

흥얼거리며, 엎드린 소녀인형처럼 수음을 하지

달고 맛좋은 버찌의 계절이라……

하지만 신을 믿는다면, 신은 '흑인 왼손잡이 기타리스트'*

당신은 아무 곳에도 존재하지 않는 사람

(도둑맞은 나의 노래를 어디서 찾는단 말인가!)

당신은 엎드린 소녀인형처럼 죽은 체하는 사람

나의 사랑 나의 아게하

이제 얼굴을 적시고
왕처럼 자리에서 일어나
고물이 된 시계를 팔러 가자

두 배나 되는 아들딸들이여, 잃어버린 당신의 반쪽의 노래
그것은 장님의 콧대만큼 높고 눈부시며
당신과 당신의 아름다운 아이들 서로의 마음을 너무도 잘
알고 있었지만
함께 울기에는 피가 덜 섞였다

버찌의 계절, 마당 가득 버찌는 떨어졌고
의미는 없다

멀고 먼 나의 사랑
멀고 먼 나의 아게하

누구에게도 불려지지 않은 이름, 당신은 두 배나 되는 사람.

* 베르나르도 베르톨루치의 영화「몽상가들」중에서.

대야미의 소녀_황야의 트랜스젠더

1

눈을 씻고 봐도 죄인이 없으니
나라도 표적이 될래요 이름도 창녀로 바꿨죠, 대야미의 소녀

이곳은 작은 마을, 그녀는 정육점에서 그럴듯한 유방을 달
지는 못했네
칼 솜씨는 쓸 만했지만 바느질은 형편없었죠, 대야미의 소녀

그것으로 좋았네 내 손으로 처음 사과를 깎아 먹었을 때처
럼, 나는 겸손해졌죠

낮고 낮은 지붕 아래, 밤낮 가릴 것 없이
참 많은 죄 없는 사내들이 다녀갔네
풍만한 가슴의 여자들처럼 뼛속까지 미움을 받진 못했지만,
대야미의 소녀
침대가 주저앉을 정도로 톡톡히 미움을 받았죠, 즐거워라
즐거워서 노래를 다 불렀죠

그곳에 키스해줘요 불이 나도록
그곳이 못 쓰게 되도록 그곳이 멍해지도록
우유 마셨나요? 우유 마셨어요?
험악한 얼굴의 풋내기 아저씨
다정한 말투는 마나님에게
점잖은 충고는 조카들의 어깨에

키스해줘요 그곳에 불이 나도록
그곳이 못 쓰게 되도록 멍해지도록
내 뺨을 내 뺨을 갈겨봐요
당신이 쏘고 싶은 구멍에 대고
당신을 당신을 털어놔봐요
장전(裝塡)했나요? 장전했어요?

2

이곳 대야미에 번듯한 전철역이 들어서고 공장과 건물들
각양각색의 죄 많은 눈 코 입들이 이주해 오기 전까지
대야미의 소녀는 작은 마을 대야미에 살았네

한때 아무것도 모르는 소년이었을 때, 말이죠
마구 벌을 내렸죠. 오로지 용서받고 싶어서……
클린트 이스트우드를 좋아했어요 지금도 그때를 떠올리며
정육점에서 뿌리째 잘라준, 이 쬐끄만 녀석을 허리춤에 차
고는
    잔뜩 속상한 표정의 사내를 흉내 내곤 하죠, 웃음…… 웃
음…… 대야미의 소녀.

프랑스 이모

1

쟝 어서 오너라 쟝 창문을 열어주겠니 쟝 내게 입 맞춰주렴 쟝 널 얼마나 기다렸는지 쟝 화분을 돌봐줄 사람은 너밖에 없단다 쟝 내 말 듣고 있니 쟝 침대를 더럽히면 내 손에 죽을 줄 알아라 그런데 쟝 들리니 이 노랫소리 쟝 귀가 먹은 게로구나 쟝 거울 좀 그만 들여다보렴 쟝 목소리가 제법 근사한걸 쟝 변성기라니! 오우 쥐새끼 같은 녀석, 쟝 쟝 왜 대답이 없니 쟝 이 노랫소리 말이다 쟝 오늘은 누구도 만나지 않을 테다 쟝 너는, 쟝 네가 말이다 오오 쟝…… 가엾은 쟝

(쟝 쟝 쟝 대체 그 프랑스 놈이 당신을 어떻게 한 거죠?) 저는 쟝이 아니에요 이모 변성기는 이미 오래전에 지났는걸요

오오 쟝 날 그만 아프게 하렴 이제 더는 용서 못한단다
쟝 네가 어른이었을 때를 기억하니 쟝 너는 어른이었던 적이 있고 그때 넌 해바라기 씨를 얼마나 좋아했는지 생각나니 쟝 굵은 목소리로 밤마다 내게 들려주던 그 노래,

십이월의 프랑스엔 붉은 비만 내린다네
그대를 기다리던 흰 원피스가 붉게 물들었다고
세느 강의 아홉번째 다리 아래
출렁이며 흐르는 검은 문장(文章)들이 내게 일러주었네

십이월의 프랑스엔 붉은 비만 내리고
먼 나라에 버려진 늙은 여자의 침실이 다 젖었다고
호주머니 속의 차가운 백동전들이 말해주었네

　　2

(오오 불쌍한 쟝 나의 미치광이 마술사 당신이 그날을 기억
할 수만 있다면, 쟝 당신은 술에 잔뜩 취해 있었어 나에게 커
다란 거울을 통과하는 마술을 보여주겠다고 했잖아 내가 어떻
게 잊을 수 있겠어 거울에 미친 듯이 기름을 들이붓고는 불타
는 거울 앞에 서서 쟝 당신은 오줌을 질질 싸며 좋아했잖아

바지가 펑 젖었지만 그저 내버려둘 수밖에 당신이 얼마나 행복한 표정을 짓고 있었는지 쟝 당신은 알까……

당신은 나를 거울 뒤로 가게 했어 거울을 통과해서 나에게 가겠노라고 자신 있게 소리쳤지 그러고는 나에게 몹쓸 주문을 외우라고 했잖아 그래 그랬어 쟝 그치만 나는 할 수 없었지 당신을 너무 사랑했으니까 그날은 유난히 배 속의 아이가 발광을 했어 아이는 내가 망설이고 있는 게 못마땅한지 나 대신 악을 쓰기 시작했지 이 괴물 같은 녀석아 누가 너 따월 사랑할까 나가 뒈져버려라, 쟝 나는 그만 아픈 배를 쥐고 쓰러졌어 쿵쾅거리며 달려오는 당신의 발소리가 희미하게 들려왔고 쟝 당신은 거울과 함께 나가떨어지고 말았지 배 속의 아이는 잠잠했어 시끄러운 주문 대신 가랑이 사이로 검붉은 피를 토해내고 있더군 쟝 이상하지 난 울지 않았어 도무지 더럽게만 여겨지는 거야 어서 일어나 피범벅이 된 허벅지를 말끔히 씻어버릴 테다, 그런 생각을 하며 나는 의식을 잃어갔어 깨어보니 당신이 곁에 있었고…… 그런데 쟝 당신은 어디 먼 나라라도 다녀온 거야 그 뒤로 나를 난데없이 프랑스 이모라고 불렀잖아 프랑스 이모 프랑스 이모 입 맞춰드릴까요 화분에 물을

좀 줘야겠어요 쟝 그뿐만이 아니었어 당신은 늘 거울 앞에 설
때면 저 흉악한 프랑스 놈, 이라고…… 아무도 모르게 속삭였
을 테지만 아니야 쟝 난 그 소리를 다 듣고 있었지…… 오오
불쌍한 쟝 나의 미치광이 아이…… 그런데 쟝 이 우라질 놈
아!)

　이제 새 이름이 필요한 게냐 비겁한 자식아
　몇 번이나 말했니 바닥에 해바라기 씨를 흘리지 말라고
　그만 나가거라 쟝이든 아니든 오늘은 누구도 만나지 않을
테다

　이모 이건 해바라기 씨가 아니라 단추예요 자 보세요
　내일은 아침 일찍 화분을 밖에다 내놔야겠어요
　볕이 좋아요 이모 어둠 속에 웅크리고 있지 말아요…… 갈
게요

　(당신은 쟝 쟝 쟝이라고 말하지 나는 쟝이 아닌데 당신의
그 알량한 쟝 때문에 온 새벽을 잉잉 질투로 몸서리치는데 당

신은 그저 쟝 쟝 쟝뿐이지 나는 털끝만큼도 쟝이 아닌데! 빌어먹을 프랑스 놈, 오 메흐드 메흐드!)

　　—쾅

입맞춤의 노래

당신의 여자는 오늘도 당신과의 약속
당신과의 미래 당신과의 하품
당신과 사용한 콘돔을 세탁기에 넣고 전원을 켠다

아파트 입구에서 바라보는 오늘의 저녁은 그렇다

당신의 팽이는 멈췄고 당신은 작은 일에도 고함을 지른다
주저앉은 얼굴 삐걱거리는 머릿속 침대

아파트 단지의 희뿌연 불빛들이
하염없이 당신의 마음을 붙잡고 돌아간다

당신은 옷을 갈아입지도 못했다
특히 당신이 누구인지 당신을 먹여주고 길러준 냉장고인지
냉장고를 뻐개 만든 팽이 조각인지……

오늘 저녁의 메뉴는 그렇다
당신의 어깨를 건드리며 지나가는 어색한 표정의 이웃들

차마 당신이 말문을 열지 못하는 사이
그것은 어느덧 흩어지는 입맞춤의 노래

발정기의 암고양이들이 어두운 공원에 모여 울고
당신의 여자 그녀는 이제 베란다에 서서
삐뚤빼뚤 건조대에 널린, 당신과의 약속
당신과의 미래 당신과의 하품
당신과 사용할 콘돔을 바라보고 있다

검은 넥타이에 묶인 당신
이제 곧 재밌는 일이 벌어진다.

고백 기념관

총을 버려
눈을 감고
비를 약속해
셋 둘 하나
셋 둘 하나
계단을 거꾸로 세며
이름을 지워
마른 가지를 들고
나무를 고백해
새를 질투하며
나무는 하늘을 고백해
숲을 고백해
방아쇠는 옳고
손가락은 추하다.
덜 마른 도화지처럼
축축한 하늘
나비는 오락가락 붓질을 하며
그림을 망치고……

비가 내리면

치마 속에서

셋 둘 하나

셋 둘 하나

총알이 지나간 혓바닥으로

연애편지를 쓸 테야

피는 아름답지만

키스는 얼얼하지요

달력의 숫자는

아— 유리컵처럼 입을 벌리고

붉은 꽃을 기다려.

고백을 해야 하는데 고백을

나무를 고백하고

하늘을 타는 숲을

고백하는 나의

우물쭈물하는 입술은

꼭 잡채 같겠지

고백이란 무엇일까

나는 이제껏 고백하지 못했다,

고백함으로써 단 한 번만이라도
고백해볼까
그때, 가뭄 속에서
나무는 새를 쏘았지
새 날아가고 숲만 쓰러졌지
나의 이름은 구멍 난 헛바닥
검은 꽃에 앉아
나비는 검은 글자를 썼지,
고백하는 나의 두 눈은
죽음의 콧구멍, 닮았겠지만.
눈을 감고
총을 들어
비가 내리면
셋 둘 하나
셋 둘 하나
빗소리를 거꾸로 세며
손가락은 옳고
방아쇠는 추하다.

소녀미란다좌절공작기

    1

미란다의 소설 속에는 많은 인물들이 등장하지만 그것은 한 사람의 이야기

이것은 손이고 저것은 벽에 반사된 손 그림자 결국 그것은 여러 벌의 가죽재킷을 가진 한 미치광이의 이야기

첫 페이지를 열면, 이곳은 각종 송곳니의 도시로 묘사된다

그럴듯한 가죽재킷 하나 없이 도시 주변을 배회하는 마리오와 그의 일당

곤돌라를 타고 흘러다니는 인생? 그런 대목은 어디에도 없다

곤돌라는 그만두더라도, 이 도시를 떠나 살 수 있는 시간은 얼마나 될까

갖가지 도형들이 떠다닌다는 빛의 숲을 상상하며

열을 올리는, 마리오와 그의 불쌍한 가이guy들!

먼저 마리오와 녀석들은 두 손을 들고, 그들을 오싹하게 하는

가죽을 벗겨 재킷을 만드는, 무시무시한 송곳니의 도시를

포기해야 한다

이제부터 **두번째 페이지**, 머리부터 발끝까지

새로운 국적을 얻기 위해 마리오 일당은 치타 씨(氏) 구역
으로 간다

우박이 떨어지는 어둠 속에서 리드미컬하게 솟구치는 도시

이빨과 발톱뿐이지만, 이빨과 발톱만으로 밤의 왕이 된 치
타 씨를 위해

마리오 일당은 미란다의 가죽을 훔쳤다 그리고 약간의 알리
바이,

미란다는 소설의 페이지를 접고 캐비닛을 열어 벨트가 달린
양가죽 재킷을 찾는다

페이지 속의 마리오와 녀석들은,

(맛이 어때?)

미란다는 새 페이지를 펼치고 쓴다,

"나는 말이야…… 나는 누군가를 다치게 하는 게 싫어요 나는 공격적일 만큼의 거만한 아름다움을 지녔고 나는 함부로 누군가를 할퀴고 싶지 않아요, 알아듣니?"

미란다는 계속해서 치타 씨처럼 말한다,

"너희들은 모두 비밀번호를 가지고 있고 누군가 그 비밀번호를 꾸욱 누르는 순간 느닷없이 태어나는 거야 너희들은 약간 기분이 상하겠지만, 너희들이 할 수 있는 건 고작 앙— 하고 피범벅의 얼굴로 울음을 터뜨리는 것…… 알아들어요?"

2

마리오와 녀석들의 이름이다 **앙**—
그럴듯한 가죽재킷 하나 없이…… **다음 페이지**로 넘어가면, 메시지란 것이 따로 없다

치타 씨는 벌거벗은 부하들의 이마를 바게트로 톡톡 친다

"오늘 너희들에게 옷을 지어주려고 했지 머리에 물도 들여주려고 했어"

부하들의 살가죽을 살살 문지르며, 치타 씨

"가죽은 하나의 상징이에요 가죽은 너희들의 자존심 혈통 근성 교양의 정도 복종심······ 가죽은 말이에요 가죽은······ 가죽을 확!!"

마리오 일당은 배 속처럼 어두운 사무실, 한편에서 망설이고 있다

벨트가 달린 양가죽 재킷을 언제 어떻게 치타 씨에게 건네야 할지······ 그러나 언제까지라도

마리오와 녀석들은 그에게 이 질 좋은 껍데기를 안겨주고

언제까지라도, 그가 가지고 있는 피 주사, 그걸 한 대 맞기 위해

피범벅의 얼굴로 머리부터 발끝까지 다시 태어나기 위해,

언제까지라도……

　그리고 **숫자 없는 페이지**의 연속, 결국 이 소설의 안팎에 존
재하는 치타 씨에게 마리오 일당은 맞고야 말았다.

　　　　3

　피 주사를 맞았다.
　매끄러운 은색의 비행접시가 서서히 공중으로 날아오르고
　끝없이 어딘가로 달아난다

　프랑스에 사는 미란다의 이모가 제라늄 화분을 건네고 마리
오는 안녕, 말하고 싶었지만 입술이 떨어지지 않고 이모의 연
인 장이 어디선가 문을 쾅 닫는가 싶더니 치타 씨가 미란다의
혀를 맛있다 맛있어 빨아먹고 어깨동무를 한 채 빌딩 옥상에
서 뛰어내리는 치타 씨의 부하들, 아 **열두 살** 개구쟁이들, 생
각이 스쳐가고 뒤따라 키스를 멈춘 미란다가 가죽재킷을 벗고

또 벗고 하나를 벗으면 또 다른 재킷이 마술처럼 소리도 없이 **꿈 많은 열아홉** 창백한 얼굴의 문학 선생님은 구름 속에 파묻힌 입술로, *이것은 쉴 새 없이 벗기는 이야기 그게 좋아서 도무지 떨칠 수가 없어서, 그렇지? 뭐가 그런지……* **스물입곱** 마리오는 고개도 갸웃거리지 못하겠고 *가죽과 가죽을 이어 붙이는 이야기 가죽에 흠집을 내지 않으면서 욕정을 들키지 않으면서 갖가지 가죽들의 성질을 고발하며 즐기는, 그렇지 부드러우면서 말할 수 없이 거친 이야기 프랑스 이모와 쟝이 한 침대에서 엎치락뒤치락 픽fuck을 하고* **서른두 살** 침대 밑에서 *고양이 밥을 주워 먹는 치타 씨, 배고파 나는 배고픈 고양이 재킷 속의 미란다가 그르릉 야아옹 보일랑 말랑 울랑 말랑, 어디에 있니 허기를 채워줄 나의 숨은 눈빛들이여……*

짧게 짧게 스쳐가는 장면 속에서 여전히 **순서가 뒤섞인 페이지,**

수많은 질문과 대답들이 한꺼번에 떠올랐다 사라지고 마리오와 녀석들은 한꺼번에 기억력을 잃고

그들을 태운 비행접시는 어느새 빛의 숲으로 들어서는 것

이다

　……프랑스 이모 쟝 치타 씨 그의 부하들 미란다 문학 선생
님 그리고 마리오와 녀석들

　모두 그럴듯한 가죽재킷 하나 없는

　이제는 각자의 시간, 각자의 그럴듯한 가죽재킷을 그리는
시간……

　끝없이 새로운 도형들이 태어나고 자라고 사라지고 다시 태
어나고 이름도 나이도 성별도 세계관도 종교도 자존심도 어디
론가 흩어져버리고 마리오는 단지 도형만을 바라보며

　마리오는 보여지고 있다 마리오가 새롭게 태어나고 자라고
사라지고 다시 태어나는 모습을

　도형만이 이해하고 있다

　그러나 결정적으로,

　마리오는 너무 많이 태어나고 자라고 사라지는 게 아닐까?

　……마리오 속의 미란다가 미란다 속의 마리오가 마리오 속

의 쟝이 쟝 속의 치타 씨가 존재감도 없이 의문을 품는 순간,

하나이면서 모든 것들이, 한순간이면서 모든 순간인 세계로부
터 추방되는 것이다

페이지 속의 마리오와 녀석들은 입을 모아,

(맛이 어떻든?!)

이 모든 이야기 이 모든 픽션 이 모든 판타지가 순식간에
정지하고
    너무나도 허망하게 각각의 등장인물들을 어딘가의 행간에
처박고,

    4

미란다는 모피 숍에서 훔친, 벨트가 달린 양가죽 재킷을

마리오 역시 그럴듯한 여러 겹의 껍데기를 너저분하게 걸친 채,

너무 많은 인물들이 등장하는 한 미치광이의 이야기는 정지하는 것이다

먼 나라의 왕자와 왕자비가 될 여자의 결혼식으로 시끄럽던 그해

가려진 부분,

목소리…… 뒤엉킨 오후의 햇빛 사이로, 귓속을 흔드는 부드러우면서도 말할 수 없이 거친 목소리들

(알아듣니? 알아들어요?!)

꿈 많은 열아홉 미란다, 배고픈 서른둘의 마리오는 어느새 잔소리쟁이 할망구가 되어 있는 것이다.

너무 작은 처녀들

소년도 소녀도 아니었던 그해 여름
처음으로 커피라는 검은 물을 마시고
처음으로 나 자신에게 삐뚤빼뚤 엽서를 쓴다

누이가 셋이었지만 다정함을 배우지 못했네
언제나 늘 누이들의 아름다운 치마가 빨랫줄을 흔들던 시절

거울 속의 작은 발자국들을 따라 걷다 보면
계절은 어느덧 가을이고 길을 잃지 않기 위해 놓아둔 흰 자루들
자루 속의 얼굴 없는 친구들은 시간이 해결해줄 거라고
스무 살의 나에게 손가락 글씨를 쓴다
그러나 시간이 무엇을 해결해줄 수 있을까

새들은 무거운 음악을 만드느라 늙지도 못했네
언제나 늘 누이들의 젖은 치마가 빨랫줄을 늘어뜨리던 시절

쥐가 되지는 않았다 늘 그 모양이었을 뿐.

뒤뜰의 작은 창고에서 처음으로 코밑의 솜털을 밀었고
처음으로 누이의 젖은 치마를 훔쳐 입었다, 생각해보면
차라리 쥐가 되고 싶었다
꼬리도 없이 늘 그 모양인 게 싫어

자루 속의 친구들을 속인 적도 상처를 준 적도 없지만
부끄럼 많은 얼굴의 아이는 거울 속에서 점점 뚱뚱해지고

작은 발자국들을 지나 어느새 거울의 뒤쪽을 향해 걷다 보면
계절은 겨울이고, 아무도 돌봐주지 않는 시간
나아갈 수도 돌아갈 수도 없는 어둠 속에서
조금 울었고 손을 씻었다

녹색 바다 고무공 침팬지와 놀기

은동전 백 개를 주고 녹색을 샀지 녹색 녹색 바나나가 싫어
녹색 바나나를 억지로 먹이려는 여자의 항아리를 훔쳐 녹색
녹색을 샀다네 비 오는 밤 기분이 좋아 녹색 녹색 휘파람 불
었지 녹색 손가락들도 즐거워 녹색 녹색 오리 흉내를 내었네
개구리 달팽이의 노래도 불렀네 녹색 녹색 빗방울은 떨어지고
젖은 죽죽 나무들과 죽죽 건물 사이를 누비며 신호등 사탕을
쪽쪽 빨며 녹색 녹색 기분이 좋아 악수해요 넥타이 속의 녹색
이 손을 내밀자 흰 다리의 여학생들이 재채기하며 달아났네

녹색 녹색 초록이 아니라 이 여름이 아니라 녹색 녹색 기운
이 쭉 빠지도록 녹색 바다 고무공 침팬지와 놀기 바지가 축
처지도록 녹색 녹색 진창을 온종일 뛰어다니기 녹색 녹색 바
지 꼴이 뭐냐고 녹색 몽둥이를 든 여자는 녹색 포말을 일으키
며 펄쩍 뛰겠지 아무렴 녹색 녹색을 나는 손에 넣었다네 녹색
을 보고 싶어 먹고 싶어 녹색 녹색 기분이 좋아 녹색 휘파람
불었네 하지만 여자는 녹색 때문에 실망하겠지 녹색 때문에
여자는 나를 비난하겠지 녹색 녹색 항아리를 집어던지며 녹색
따귀를 갈기며 녹색 녹색 너는 녹색!이니 집 안에 발을 들여

놓지 말아라 당장 빨가벗고 나가라 녹색 녹색 그녀는 그렇게 말해놓고 녹색 나를 방 안에 꼭꼭 가두어둘 테지 밤마다 녹색 자물통을 확인하며 그녀는 녹색 녹색 소리칠 거야 너는 왜 녹색 집 밖으로 한 뼘도 튀어오르지 못하니! 녹색 녹색 긴 팔을 하고 너는 왜 다른 색이니!

녹색 비는 그칠 줄 모르고 녹색 녹색은 어느새 나의 심장을 물어뜯고 녹색 자동차들이 경적을 울리며 녹색 바다 위를 무섭게 달려나갔네 녹색 녹색은 그래도 기분이 좋아 푸푸 혈액을 뿜어 올리며 녹색 녹색의 왕이여 내 목소리 들리는가요, 네 목소리 대충 들린다 녹색 녹색 찬비를 뿌리며 저 만삭의 구름들은 죄 많은 침팬지들을 데리고 어디로 가는가요, 거 좀 잠자코 있어라 막 잠이 쏟아지는데 녹색 녹색 잠자코 있죠 제 길 그래도 기분이 좋아 녹색 휘파람 불었네 개구리 달팽이의 노래도 불렀네 녹색 녹색 초록이 아니라 이 여름이 아니라 녹색 녹색 아주 잠들어버리기 전에 녹색 기운이 달아나기 전에 녹색 녹색 바다 고무공 침팬지와 놀기.

세븐틴

지난밤 우리는 나쁜 마음 못생긴 얼굴로 엑스를 했지

파아악 냄새를 풍겼어 아줌마 아저씨들 인사를 기다리는 눈치였지만

우리는 아침부터 오를 죽이고 더럽게 아름다워졌어 아름다워지기 시작했지

이 이야기에서 저 이야기로

결국 모두 한 이웃이라고 아줌마 아저씨들 입을 모았지만

우리는 오를 살해하고 구체적으로 타지(他地) 사람이 되어갔어

이 노래에서 저 노래로

결국 같은 종점이라지만 우리는 처음 지나는 노선을 몇 번이고 돌며

나쁜 마음 못생긴 얼굴로 가슴속에 맺힌 노래를 불렀지

파아악 물탱크처럼 차올랐어 땅거미가 질 때까지

이 옥상에서 저 옥상으로 결국 하나의 숲이었지만

우리는 잠자리를 옮겨 다니며 조금씩 젖어들었지 굿 나잇, 버릇없는 인사를 던지며

아줌마 아저씨들 쓰러진 오를 안고 결국 하나의 무서운 법

칙만이 있을 뿐이라고 강조했지만,

　더럽게 시끄러웠고 우리는 다음 날도 그다음 날도

　이 계단에서 저 계단으로 우르르 몰려다니며 엑스엑스에 도
전했지

　파아악 한꺼번에 미끄러졌지

How does it feel?

    1

너는 가까운 친구들과 피크닉을 계획하는 사람처럼 그렇게 하지 그게 뭘 의미하는지도 모르고

지난밤 너의 왼쪽 팔이 마비되었을 때, 나는 네가 아무렇지도 않게 떠나보낸 흰 배를 타고 온천을 지나고 있었어 배의 밑바닥으로부터 끓어오르는 분노를 느끼며

급하게 전쟁을 치르듯 쿵쾅거리는 너의 심장을 듣고. 언젠가 우리들이 꿈속을 오가며 돌로 쳐 죽인 까마귀들이 시름시름 앓는 밤이었지, 검게 썩어가는 너의 입술을 한 번만이라도 헤집고 싶어서

이봐, 너는 그것을 모르고 너무 많은 술과 알약에 빠져 천국의 노래를 기다리는 귓구멍엔 거미줄
살고 싶어서 심장의 박동이 소프라노를 하는데 너는 모자를 돌려 쓰듯 간단히 너의 두 팔과 두 다리를 내어주지

옷 갈아입는 게 취미인 하늘의 변덕쟁이 아가씨 구름과 약
속을 하지, 손가락엔 빗물로 지은 반지

　　2

　그날 밤, 너는 홀린 듯 걸었어 하염없이 장미가 피고 지는
촛불을 들고
　그 이름 붙일 수 없는 매혹의 소리에 이끌려, 흰 언덕을 지
나 얼어붙은 호수 위를 너는 꿈꾸듯 미끄러지고 있었지

　달이 참 크구나 크고 둥글구나…… 멍청한 소릴 늘어놓을
때, 얼어붙은 호수의 표면이 갈라지고
　그 위를 느리게 떠가던 구름들, 호수의 찬물에 그만 엉덩이
를 빠뜨리고 말았지

　그때였어, 밤의 허공 속으로 시끄럽게 날아오르던 까마귀들

흰 배는 놀라 온천에 코를 박았다!

욕조의 온수는 자꾸만 흘러넘치고 흰 언덕 얼어붙은 호수와
장미가 그려진 타일 바닥에 너 역시 턱을 찧고 말았지

뭐랄까, 우리는 순식간에 멀어진 거야 몇 번 너의 얼굴이
물속으로 흘렀다 지워지고……

3

이봐, 이 글은 지옥에서 적는 글.

너는 끝까지 나의 손을 붙잡으려 했다고 우기지만, 입술을
쫑긋거렸을 뿐

너는 너무 많은 술과 알약에 빠져 그게 뭘 의미하는지도 모
르고

구급차의 사이렌 소리가 물속에 녹아 흐를 때

내가 너의 몸을 빌려 한때 즐거웠다는 사실을 까맣게 잊을
만큼

우리가 아주 멀리 있을 때,

그랬어, 내가 마지막으로 본 너의 죽어가는 입술은

⋯⋯하우 더즈 잇 필?

⋯⋯하우 더즈 잇 필?

앵무새

달빛은 집중력을 떨어뜨렸다
주머니가 텅 비도록 지껄였다
사람들이 하나 둘 자리를 떴고
등 뒤로 잎이 지고 있었다
곧 겨울이었다

무섭도록 쭉 뻗은 선로를 따라 걸었다
덜컹거리는 정신을 목적지로 이끄는
이 긴 사상(思想)의 회초리
걸음이 엉망으로 흐트러졌다
비둘기들이 구구 울었다
불 주위로 빙 둘러선 늙은 사내들이
무질서하게 타오르는 불길과 묵묵히 악수놀이를 했다
분명 사람들은 아니었다, 궁금한 건
겨울의 두터운 외투 주머니 속에는
모두 몇 개의 불이 담겨 있을까

여자는 오늘도 집에 없었다

한 잔 가득 찬 우유를 따라 마시고

거울 앞에 서서 어느 코미디언의 한물간 제스처를 흉내 내

었다

거울 속의 남자가 빨간 루주로 ×표를 쳤다

방 안 가득 어지럽게 널린 여자의 옷가지들

몸을 샅샅이 알아버린 뒤에

우리는 쉽게도 서로에게 공포가 되었다

달력의 그림처럼 흔한 풍경이었다

깜박 깜박 형광등이 변덕을 부리는 밤

벽지 가득 하릴없이 앵 무 새 라고 썼다

곧 겨울이었다

컹 컹 컹 어디선가 흰 이빨들이 날아와

베개를 물고 놓아주지 않았다.

앨리스 맵map으로 읽는 고양이좌(座)

그녀는 고양이좌, 몽상에 빠져 줄거리도 다양한 별자리
며칠째 묘지를 돌아다니느라 주사위의 검은 점이 여섯 개나
박힌

그녀는 창문을 향해 여왕처럼 걸었다

마치 마치 마치…… 겨울이군요 너와 나의 티격태격 주사
위를 굴리며 너와 나의 울퉁불퉁한 운명이
얼키설키 그려가는 앨리스 맵 13월에서 14월 죽은 자들의
목소리가 너무 커서 산 자들이 시름시름 앓는 별자리

우리는 이상하게 예쁘게 지구에 남아
밤 풍경을 바라보는 쓸쓸한 궤도에서

마치 마치 마치, 하며 구르는 주사위…… 같은 자리를 돌
고 있네요 이 세상에는 없는 곳을 여행하며. 창가의 새를 쥐
었다, 놓았다 쌍쌍의 남녀들이 이리저리 몰려다니는
3월에서 5월 그녀는 처음 만난 사내를 쥐었다,

집에 뱀이 있는 것 같아 무서워서 못 들어가겠어요[*]

(……당신 허리띠 뱀가죽이잖아)

놓았다,

검게 죽은 발톱을 뱃속 깊이 감추고
밤하늘 한편에 외롭게 웅크린 고양이좌, 그녀는
어색한 동작으로 겨드랑이를 긁다가
슬쩍슬쩍 자신의 성기를 핥고 건드리는
나타났고 사라지고 사라졌다 튀어 오르는 별자리
축축한 붉은 점이 네 개

우리는 이상하게 모질게 지구에 남아
날이 새도록 밤거리를 헤매는 쓸쓸한 궤도에서
다짐했다 매일매일 다짐하고 다짐했다 (겨울) 그러자 입이
삐뚤어졌다

그래서 그래서…… 여름으로부터 겨울로 넘어가는 계절 너와 나의 앨리스 맵을 펼치면, 당신은 검은 왕관 검은 드레스를 차려입고

당신의 이름일랑 까맣게 잊었다네, 잊어버리려네
당신과의 한때 불장난일랑 무덤 속의 여왕으로 남겨두고……

왈츠!
왈츠를 추는 말쑥한 차림의 도둑고양이들을 바라보며, 당신은 드레스를 쥐었다, 놓았다 목을 쳐라! 목을 놔둬라……

시간,
때 묻은 시간을 세는 당신 *마치 마치 쉽 같은 패턴이죠 하잖아요*, 그녀는 노래하고 나는 듣는다 그래서 그래서, 로만 시작하는 저 밑도 끝도 없는 *불쌍한 사랑기계***들

(이를테면 고양이 얼굴이기도 하고 주사위 공장이기도 하다)

첫 키스,

당신의 첫 키스, 너무 어지럽게 꼬여 있는 얘기란 말이죠
긴 수염의 얼굴 하나 사라졌다 튀어 오를 때마다 처음부터 새
로 시작하는 미로처럼. 굴려보세요,

첫 키스…… 그렇죠 당신의 첫 키스, 이번엔 몽롱한 노란
점이 몇 개나 나올까요

그녀는 울고 나는 듣는다
우리는 이상하게 예쁘게 지구에 남아
13월에서 14월 너와 나의 앨리스 맵을 펼치면
대체 어느 별의 찌그러진 지도일까
삐뚤어진 입술로 삐뚤어진 목소리로
몽상에 젖어 울음소리도 다양한 별자리
고양이좌.

   * 페드로 알모도바르의 영화 「그녀에게」에 나오는 대사의 변형.
  ** 김혜순의 시집 제목.

살인마(殺人魔)_Birthday Rabbit

우비를 샀다
이 저녁의 엄마는 다정한 불빛 아래서
음식을 장만하고 있겠지 누군가의 생일이라서
누굴까, 빨간 눈 솟은 귀 바로 나라는 네발짐승의.

막다른 골목에서 느긋하게 우비를 걸치고
탄생을 노래하는 이어폰을 꽂고
나는 처음 마주치는 여자의 배 속으로 뛰어들었지
여자가 눈을 뒤집고 신음조차 내뱉지 못할 정도로
배 속을 이리저리 뛰어다니며
잔치를 열었지

이 저녁의 엄마는 좋은 냄새로 가득한 식탁을 차리고 기다
릴 것이다
이제 핏물이 흐르는, 아기 피부 같은 우비는 그만 벗고
선물도 받았겠다
축하해, 라고 말하는 눈빛으로 잠들어서 좋다, 이 여자
뒤로한 채 엄마에게 가야지

기다리다 기다리다 있는 대로 신경질을 부릴.

오늘이 대체 무슨 날이길래, 누구? 바로 나라는 네발짐승의.

그러나 집 앞에 와서야 나는 늘 깨닫지
불 밝힌 창도 엄마도 근사한 식탁도 없다는 걸
오늘도 당신 없이 생일을 맞았으니 단단히 일러둬야지
엄마 엄마 오늘은 내일은 오늘 말구 내일은
또다시 누군가의 생일……
당신이 눈을 뒤집고 사지를 벌벌 떨던 그 옛날
당신의 캄캄한 배 속에서 덜컥, 살인의 묘미를 알아버린 아가
차가워진 당신의 몸을 열고 버젓이 태어난 회대의 살인마
누굴까, 빨간 눈 솟은 귀 바로 나라는 네발짐승의.

스위트

당신은 시도 때도 없이 강아지 등에 올라타려고 한다

불을 가진 열두 사람이 한 집에 살면서
차가운 말을 나눠 가졌다 서로를 애태우지 않으려고.
노래도 없는 집구석을 창밖의 말 없는 나무들이 좋아했다

당신은 녹여 먹는 것을 입에 달고 산다

콧김을 뿜어대는 열두 사람이 한집에 살면서
서로를 흉내 내지 않으려고 웃지도 않았다 여행 온 사람들
처럼
매일매일 일박을 묵었다

당신은 날마다 한 주먹의 스위트를 훔친다

태양이 지붕을 태우기 전까지
지우개 역할은 구름이 했다.

첫

소년은
들락날락
구멍 밖을 살피는 쥐
대가리처럼
망설이고

다리가 다 무슨 소용이람,
장판 밑에 납작 엎드린
쥐며느리처럼
소녀는
기다린다

톡 탁 톡 탁

시계 초침 소리는
둘의 이마를 번갈아 쥐어박으며
탁구공처럼
오가고.

사랑을 주었으나 똥으로 받는 이에게
──시코쿠의 편지

강 계 숙
(문학평론가)

*

　'한국의 시인들'이라는 동영상이 있다. 송승환 시인의 첫 시
집 출간을 축하하며 모인 자리를 황병승 시인이 휴대전화로 찍
은 뒤 직접 편집까지 한 것인데, 소식을 듣자마자 나는 그의 블
로그를 찾아갔다. 그런데 보름 전쯤 흥겹게 놀다 헤어진 화면
속의 우리는, 놀랍게도, 이미 죽어 없어진 자들이었다. 50여 년
쯤 전에 살다가 오래전 죽은 자들, 그들의 어느 하루를 담아둔
낡은 영상물을 먼 훗날 추억처럼 되돌려 보는 느낌…… 환히 웃
고 있지만, 먼 과거로부터 불려 나온 유령처럼, 우리는 살아 있
는 자가 아니었다. 이렇게 버젓이 살아 있는데, 그 웃음은 불과
보름 전의 것인데! 화면 속의 나를 현실에 없는 무(無)로, 헛된

환영으로 맞닥뜨린 것은 뜻밖이라는 표현으로는 형용할 수 없는 강한 심리적 충격을 주었다. 분명히 나인데, 나 이상의 '어떤 것', '낯선 이', 불가해한 심연이 내 안에서 번져 나와 나를 둘러싸고 있음을, 몰락과 파국 직전에 놓인 자가 그것을 모른 채 순진한 무지 가운데 제 얼굴을 말갛게 보이고 있는 것을, 쓸쓸한 듯 불길하게 드러난 그 맨얼굴을 내 눈으로 바라봐야만 했다. 자신의 생전 모습을 살아 있으면서도 죽은 자가 되어 감상하는 기괴한 역설이 거기 있었다. 무언가에 얻어맞은 듯 이상한 감정에 사로잡혀 어두워지는 화면을 바라보던 나는 문득, 황병승 시의 비밀 하나를 엿보게 되었음을 깨달았다.

*

「주치의 h」의 '황'은 집을 떠나기 전, 담장을 도끼로 "두 번" 찍는다. 왜 "두 번"일까? '황'의 가족은 양면적 모습을 하고 있다. "아버지는 입이 없는 거나 마찬가지로 조용한 사람이었고 어머니와 누이 역시 그러"하지만, '황'이 "입의 나라"로 들어가면 "더 크고 많은 입을 원하기라도 하듯 눈이 있어야 할 자리에 귀에 이마에 온통 입을 달고서" "웃고 먹고 소리치는" 이들로 둔갑한다. 그가 병리적으로 위험한 상태에 있음은 분명하다. 그가 보는 가족 형상은 주체를 내적으로 와해시킬 수 있는 외상이 주체의 중심에 있음을 가리키기 때문이다. 적절히 언어화되지 못한 환상의 형태로 회귀할수록, 외상적 중핵의 견고함과 심각

함은 크다. 외상(가족)의 언표화에 해당하는 "오리"가 얼마나 뜬금없고 엉뚱한 표현인지, 그 단어로 인해 증세가 희화화됨을 생각한다면, 게다가 *안다고 가정된* 주체('주치의')와 자신과 하나라고 믿는 타자('여자친구')가 그렇게 부적절하게 말을 건네는 상황은 외상의 상징화가 애초부터 불가능함을 시사한다. 그러나 사정은 정반대여서, 집에서 키우는 "오리"를 '가족'으로 착각하는 망상증이 '황'이 앓고 있는 실제 병인지 모른다. "가족"과 "오리"를 둘러싼 상반되는 이중적 해석의 가능성은 '황'이 처한 현실의 정체를 모호하고 불투명하게 만든다. "가족"에서 "오리"로, "오리"에서 "가족"으로, 기표 아래로 미끄러지는 기의의 끊임없는 순환은 실제 사실을 알 수 없는 미궁에 빠뜨려 현실을 불안한 공백으로, 커다란 균열로 이끈다.[1] 어떤 경우든, '황'은 외상의 틈입으로 인해 현실과 실재의 경계가 무너질 위기에 직면해 있다. 쉽게 말해, 미치기 일보 직전이다. 그러므로 필요한 조치는 불충분한 언어의 발화가 아니라 기호적 몸짓의 수행이다. 두 번의 도끼질이 그것이다. 한 번은 실재의 침입을 봉쇄하여 현실과의 경계를 지키는 것, 또 한 번은 외상의 근원으로 간주되는 가족과의 단절을 실행하는 것. 따라서 도끼는 두

---

1) 부유하는 기표들의 연쇄와 의미화 과정의 지연으로 인해 황병승의 시는 '기표들의 지옥'이 된다. "이 글은 지옥에서 적는 글"(「How does it feel?」)이라고 할 때, "지옥"은 단순한 비유가 아니라 언어에 의해 떠받쳐지는 현실과 그것을 텅 빈 "입의 나라"로 만드는 언어 내부의 벌어진 틈을 동시에 가리킨다. 항간의 오해와 달리, 현실을 이루는 언어에 대해 황병승이 얼마나 엄밀한 자의식과 직관적 통찰을 가지고 있는지 알 수 있는 대목이다.

번 휘둘러져야 한다. 하지만 이 상징적 행위는 여전히 병리적 차원 내에 있다.

'황'의 환상은 현실 세계에 깊이 반향한다는 점에서 부인하기 힘든 사실성을 담지한다. 큰 소리로 "웃고 먹고 소리치는" 아버지, 어머니, 누이는 즐거운 사람들이다. 그런데 "즐거운 사람들이… 무서운 사람들"(「시코쿠 만자이(漫才)」)이다. 왜 그런가? "즐거운 사람들"은 즐기는 사람들이다. '즐겨라'라는 초자아의 명령에 충실한 자들, 욕망에 대한 맹목적 명령인 잔인하고 방탕한 외설적 초자아에 부끄럼 없이 복종하는 자들, 억압된 것은 금지 자체여서 즐기는 일에 아무런 억압을 느끼지 않는 자들, 그럴 수만 있다면 '더 많은 입'을 달기를 소원해 마지 않는 자들, 그들이 "즐거운 사람들"이다. 더불어, 즐기기 위해서라면 자신을 수단화하는 사디즘적 충동에 언제든 자기를 내어줄 수 있기에 "무서운 사람들"이기도 하다. 이들은 오늘날 쾌락과 행복 추구를 삶의 목표로 삼고 있는 '즐기는 자'로서의 우리의 모습과 너무도 닮아 있다. 압제적 권위의 몰락과 '민주/독재'의 정치적 이분법을 둘러싼 이념 체계의 붕괴 이후, 대타자의 부재가 표면적으로는 '모든 것이 허용되는' 세계를 형성한 듯하지만, 한국 사회의 현재에 비추어 볼 때 그것은 단순한 논리임이 명확해지고 있다. 즐기지 못하면 무능력자로 낙인찍히고, 내가 누려야 할 향락을 다른 이가 소유하고 있다고 의심되면 가차 없는 비난을 퍼부으며, 모두가 모두의 심판자가 되어 도덕적 질타를 일삼고 사회적 초자아로 행사하는 것, '원해야 함'을 강요하는 향락의 과도한 요구에 따라 자신을 응시의 대상으로 노출하기를 마다 않는 포르노그래피적 도착이 문화적 다반사로 나타나는 현상은 대타자의 죽음이 '모든 것이 금지되는' 세계를 초래하고 있음을 뚜렷이 지시한다.

프로이트는 원초적 아버지의 신화에서 오이디푸스적 아버지의 두 형상을 제시하면서, 아이의 욕망을 법에 종속시키는 아버지가 주체의 욕망을 규제하는 상징적 구조로서의 초자아라면, 절대적 힘으로 모든 여자와 부를 차지하는 폭압적이고 방탕한 아버지 또한 초자아의 기능임을 암시한 바 있다. 욕망의 주체에게 즐기라고 강요하는 것이 이러한 초자아임을 라캉은 '초자아는 주이상스에 대한 명령이다── 즐겨라!'라는 말로 표현하는데, 욕망의 규제이자 그 규제를 위반하고 훼손하는 명령이기도 한 초자아의 역할을 지젝은 불법적 쾌락에 지원을 요청하는 '외설'의 작인으로 지목한다. 한국 사회의 경우, 외설적 초자아의 지배는 '도덕'이라는 이름의 가면을 쓰고 여론의 단죄를 빌미로 삼아 사디즘적 충동을 표출하며 강박적으로 누리는 자들의 대중적 만연을 통해서도 드러난다. 리얼리티 프로그램의 도착적 응시와 인터넷 뉴스에 연일 오르내리는 각종 '죄지은 자'들의 스펙터클한 나열은 도덕성의 강조와 여론의 처벌을 빌미로 '즐겨라'라는 초자아의 명령에 따라 자신의 향락을 위해서라면 자신도 타자도 수단화하는 폭력을 서슴지 않는 수치심을 잃은 공동체의 치부를 그대로 보여준다. 금지가 강해질수록, 금지마저 금지될수록, 욕망의 법을 따르지 못한 자아를 압박하고 비난하는 맹목적인 초자아의 힘은 더욱 커진다. 그래서 우리는 큰 소리로 웃고 먹고 소리치는 동안 얼마든지 잔혹하고 파괴적인 끔찍한 자가 될 수 있다. 아니, 실제로도 끔찍하고 잔인하다.

'황'은 이러한 우리의 실체('가족')가 "그만 부끄럽고 창피해서"[2] 도끼로 내리찍는 상징적 행위를 통해 현실과의 연관을 끊으려 한다. 그의 말처럼, 그것은 "좋은 뜻도 나쁜 뜻도 아니"고, 단지 필요한 일이다. 미치지 않고 살기 위해서는 말이다. 그러나 외설적 초자아가 지배하는 사회 현실이라 해도 그 내부로의 진입이 포기되는 이 같은 절단은 상징적 질서와의 동일시가 불가능해지는 결과를 낳는다. 이는 거세의 일종으로 '정상적인' — 상징계에 종속되는 과정이 무리 없이 이루어진다는 뜻에서 — 주체화의 가능성이 사전에 차단되는 곤경을 동반한다. 초자아와의 동일시가 이루어지지 않는 한, 거세된 그는 정상성을 초과하는 비정상적 존재로 상징계의 '바깥'을 떠돌 수밖에 없다. '나는 무엇을 원하는가?'를 묻지 않고 '다른 사람들이 내게 원하는 것이 무엇인가? 나는 그들에게 무엇인가?'를 끊임없이 묻는 자, 자신의 욕망에 도달하기 위해 동일화해야 할 주체의 위치를 잡지 못하는 자, '황'은 그러한 히스테리 환자의 자리를 벗어날 수 없다. 집을 떠난 뒤에도 그는 또 다른 "부작용의 시간"(「주치의 h」)으로 옮겨 간다.

---

2) 황병승 시에서 '부끄러움(수치)'이 갖는 의미와 기능, 그 위상에 대해서는 강동호의 「수치심이 한 시인의 내장(內臟)으로 내장(內藏)되기까지 — 황병승 시의 탄생 근원을 탐사하며」(『시와 반시』(2009 가을호)]에서 정치하게 설명된 바 있다.

그런데 '주치의 h＝황(나)'이라면 시의 내용 층위는 한층 복잡해진다. 자신의 비밀을 안다고 생각되는 주체가 분석가이고, 환자는 무의식 속에서 자신이 알고 있는 것을 분석가에게 전가함으로써 앎의 확신을 그를 통해 체현하는 것이라면, 그리고 *안다고 가정된 주체*에 의해 환자가 자기 증상의 무의식적 의미에 비로소 도달하는 것이라면, 앎을 둘러싼 이 둘의 관계는 다음과 같은 사실을 시사한다. '주치의 h'가 나 자신인 것은 나의 비밀을 알려주리라 기대되는 타자가 주체의 외부에 있지 않고 주체의 내부에 있음을 의미한다. 이는 '황'에게는 상징적 동일시의 대상이 부재함을 암시한다. 한편 '내'가 행하려는 것이 자기 분석이라면, 가면을 쓴 분신alter-ego을 빌려 '나'는 내 증상의 비밀을 알고 있음을 주관적 착각이 아니라 객관적 지식으로 대면할 필요가 있다. '주치의'라는 배역은 그래서 필수적이다. 그런데 이러한 형식이 자아의 분열상(像)에 대한 반영이 아니라 외설적 초자아와의 동일시를 거부하는 특이한 주체화의 무대로 제시되려면, 주체는 '고백하는 발화자'와 '응시gaze'로 이원화되어야 한다. 고백의 형식을 통해 언어(타자)적 상징체계로 들어가면서 동시에 자신의 말이 타자의 초점에서 응시되도록 해야 하는 것이다. 이는 대타자와의 동일시가 이루어지자마자 그러한 동일시를 주체 내부에서 깨뜨리는 것과 같다.

응시란 내가 나를 본다는 뜻의 자기 반사self-mirroring를 의미하지 않는다. 응시는 그것의 있음이 '나'에 의해 인식되지 않는 상태, 즉 내가 볼 수 없는 지점에서 이미 나를 주시하는 시선이 작동함을 말한다. 그것은 나를 보는 무엇인가가 있음을 내가 알고도 모르는 척하는 것이 아니라, 나를 보고 있는 것을 설령 내 눈으로 본다 해도 그것이 나를 주시하고 있음을 의식하지 못하는 시선이다. 주체가 응시가 된다는 것은 대타자의 시선이 된다는 뜻이기도 하다. 이것은 흔히 이야기되는 주체의 타자화와는 성격이 크게 다르다. 주체는 타자의 욕망의 실재를 알 수 없다. 주체가 타자화된다는 것은 타자(의 욕망으)로 상상된 바와 자기를 동일시하는 일이다. 그러므로 대타자의 시선이 된다는 것은 주체로선 알 수 없는 어떤 것으로 바뀌는 심각한 변화다. 마치 주체가 된 그 지점──소외와 분리의 지점──으로 자신이 찾아들어가는 것과 비슷하다. 가령 「주치의 h」에서 'h'는 자아의 또 다른 형상이지만, 정작 '나'는 이를 알지 못한다. 'h'는 '나'를 주시하는 응시로 존재하기 때문이다. 우리는 'h'를 모종의 의심을 품은 채 '나'와 별개의 인물로 읽는다. 그가 '황'과 동일 인물인지도 끝까지 확신할 수 없다. '나'의 환상이 증상으로 굳어지는 것은 'h'의 말에 의해 그것이 "오리들"이 "물장구치는 수준"으로 등치되는 순간이다. 그 순간 가족을 외상으로 제시한 '나'의 고백은 참된 지식이 아니라 거짓된 착각으로 변한다. 외상의 근원이 가족이라고 믿고 싶은 '내'가 가족이 외상인 양 환상의 형식을 빌려 꾸며낸 것일 수도 있다. 그러나 진실이 무엇인지 알 수 없다. 마주 선 거울이 끝없는 반사상을 만들듯, 반복되는 응시의 교차 속에 우리는 모든 것이 불분명해지는 미궁에 빠질 뿐이다. 주체의 자리를 이처럼 이원화하는 일은 결코 쉬운 작업이 아니다. 나 자신을, '나'라는 (무)의식의 존재를, 응시 자체로 만들거나 응시의 대상으로 삼는 일은 보이지 않는 것을 보는 것과 같다. 응시는 주체의 시각 너머에 있는 몰인식일뿐더러, 자기 성찰의 진지함이나 고통스런 자기 적발로 닿을 수 있는 지점이 아니다. 그렇다면 이 같은 구조화는 어떻게 가능한가? 이를 관장하는 이는 누구인가? 우리는 이 '누구'를 시적 주체로 불러야 할 것이다. 자아를 분석가의 자리에 위치 지으면서 분석가의 환자로도 만드는 주체, *안다고 가정되는 주체의 타자성*— 'h'는 *안다고 가정된* 주체라고 하기엔 많은 것을 모른다. 그는 결여된 타자다—을 응시하는 주체. 우리는 이 명명하기 힘든 주체 또한 상상된 허구임을 고려해야 한다. 황병승은 이러한 허구의 구축을 시로서 완성한다.[3]

불가능하다고 여겨지는 자기 응시의 구조는 그의 시를 결정짓는 핵심 원리 중 하나다.『여장남자 시코쿠』의 주인공들을 주체의 분열이나 다성적 복수(複數) 주체라고 간단히 개념화할 수 없는 이유는 기존의 분석적 틀로는 설명하기 힘든 응시의 주체화가 매우 복잡한 형태로 전개되기 때문이다. 텍스트의 이러한 무의식의 구조는 초자아의 외설적 명령을 따르길 거부하는 존재의 '비정상적이고'—전형적 과정을 따르지 않는다는 뜻에

---

3) 이 말은 오해의 여지가 있다. 시인이 이 모든 것을 목적의식적으로 주조하는 것은 아니다. 이렇게 쓰일 수밖에 없는 어떤 필연이 텍스트의 무의식으로 작동한다고 봐야 한다. 그러한 무의식의 작용이 어떻게 시라는 최종적인 언어적 결과물로 나타나는가를 묻는 것이 황병승의 시 세계를 이해하는 열쇠일 터이다.

서──괴이쩍은, '정상적인' 우리로서는 이해하기 힘든 주체화의 과정이 시적 직관을 통해 구현된 데서 비롯한다.[4] 세계의 파탄을 서사화하면서 그것을 의식의 편에선 불가능한 응시의 응시로 구조화하려는 것을 볼 때,[5] 시인 황병승은 괴물과도 같다. 그는 보이지 않는 것을 보는 불가능을 수행하려 한다. 그 결과 황병승 시의 주체는 그가 지닌 욕망의 정체를 파악할 수 없을 만큼 타자의 욕망에 대한 자신의 위치가 유동적인 단속적 순간으로만 나타난다. '이 시의 '나'는 '누구'인가'를 찾아다니던 우리는 곧바로 심한 현기증을 느낄 수밖에 없다. 이러한 불가능성의 이행을 위해 그는 어떤 고통을 겪고 어떤 대가를 치르는 것일까? 그것은 안전한 착각의 자리──자아의 위치──를 이탈한 탓에 끝없는 불안에 시달리며, 현실과 실재의 경계가 위태롭게 유지되는 시공간을 떠돌면서 자기 파멸이란 광기에 맞닿는 일일 것이다. 파멸은 사회 현실의 실제 붕괴가 아니라 주체로 하여금 정상상태를 유지케 하는 최소한의 조건이 무너지는 것이다. 시 코쿠들의 힘겨운 주체화를 위해 상징적 현실이 은폐하고 있는 실재의 귀환을 시인 편에서 반복적으로 요구하고 그것에 점근선적으로 다가가는 노력을 철두철미 지속하는 것은 현실을 살아가야 하는 한 개인에게는 자기의 실존 전부를 거는 위험천만한 모

---

4) 황병승 시의 주된 특징으로 꼽히는 퀴어적 정체성 또한 소재의 특이성보다 향락을 강요하는 초자아의 명령을 수용하지 않는 경우 초래되는 다른 형태의 주체성의 현현으로 볼 필요가 있다.
5) 서사성이 강한 대부분의 시가 이 계열에 속한다. 대표적으로 「사성장군협주곡(四星將軍協奏曲)」을 꼽을 수 있다.

험이다. 감히 말하건대, 황병승은 한국시가 낳은 가장 큰 괴물이자 한국시를 거대 괴물로 만든 극한의 (무)의식이다. 극한은 형용할 수 없다. 형용 불가능한 '것 Das Ding'의 출현이라는 점만으로도 『여장남자 시코쿠』의 탄생은 한국시사에서 전무후무한 사건이다.[6)]

*

"수첩"은 분석의 모티프로 단연 눈에 띈다. "나의 잘못들을 옮겨 적"고, "내가 고통 속에 있을 때면" "수첩을 열어 천천히 음미하듯"(「주치의 h」) 그 내용을 읽는/듣는 행위는 이중—자아의 장치나 응시의 위치에 있는 주체의 지식보다 더 근본적인 자기분석으로 보인다. '글쓰기'는 타자의 담론이 주체의 욕망으로 구조화되게끔 무의식이 활동을 개시하는 장(場)이자 그것의 은밀한 내용을 의식할 수 있게 하는 매개다. 매일 밤 꾸는 꿈처럼, "수첩"에 적힌 글자들의 흔적은 욕망의 실재를 알아챌 수 있도록 해독되기를 기다리는 암호와 같다. 언어야말로 주체를 말하는 무의식의 구조이며, 언어를 통해 타자의 욕망이 조직되

---

6) 황병승의 시에 의해 한국시에는 시적 '자아'가 아닌 시적 '주체'가 등장하고 있음을 강조할 필요가 있다. 서정시의 주인공인 시적 자아의 부재만으로도 그의 시는 장르의 본질을 근본에서 되묻게 만드는 질문의 발원지다. 동일성의 시학을 견지하는 구조이자 통합된 자기에 대한 이미지인 자아의 존재는 황병승의 시에서 죽음을 맞고 있다 해도 과언이 아니다. 이 때문에라도 『여장남자 시코쿠』의 출현은 한국시사에서 중요한 분기점 중 하나다.

고 주체의 욕망이 구성되도록 강제된다는 점을 고려할 때, '글쓰기'는 대타자와의 동일시가 이루어지는 과정이자 자아를 주체로 탄생시키는 역할을 한다. 특히 "수첩"에 쓰인 것을 자기가 다시 읽는/듣는 것은 언어를 통해 스스로를 보는 일이므로 "수첩"은 곧 타자적 응시다. 그런데 여기에는 모종의 환영이 개입되어 있다. 수첩에 쓰인 글은 양식상 일기에 속한다. 일기가 자기 성찰적인 글쓰기임은 누구나 아는 사실이다. 자기 성찰은 흔히 주체가 '보고 있는 자기를 보는 것'을 의미한다. 그러나 자기 반성의 순수성을 신뢰하는 주체는 자기 반사의 완벽함을 의심하지 않는 순진한 믿음을 근거로 한다는 점에서, 오인(誤認)이며 환영이다. 응시가 타자 편에 있는 한, '나'는 제대로 볼 수 없다. '나'의 시각장 안에 타자가 마주 응시해오는 초점을 담을 수도 없다. 데카르트적 주체는 응시 자체를 보고 있다는 환영 속에서 존재의 통일성을 얻고자 하는 시도다. 그러므로 "수첩"은 외상의 중핵에 접근하기에는 한계가 있다. 「혼다의 오·세계(五·世界) 살인 사건」에서 서로의 일기를 써주는 사이인 '혼다'와 '렌'이 살인 사건에 대한 진술을 일기로 쓰다가 서로의 뺨을 갈기는 것은 데카르트적 환영을 부수는 행위라 할 수 있다. 뺨을 때리는 순간, 그들의 글쓰기는 일기가 아닌 인터뷰가 되고 사건의 실체가 점점 드러난다. 진실에 접근하기 위해서는 데카르트적 주체성의 환영을 깨뜨리는 타자의 응시가 주체에게 자각되어야만 한다. 그래서 시코쿠는 일기가 아닌 편지를 쓴다.

전자 통신망이 고도로 발달된 현실과 비교하면, 편지는 어딘가 시대착오적이다. 데리다는 우편엽서의 체계를 가리켜 정보의 흐름을 통제하면서 메시지들이 목적지에 도달하는 것을 보장하는 규정 체제라고 말한다. 응대의 규칙을 무시한 어떤 메시지도 배제하고 주변화함으로써 이 체계의 견고함은 유지된다. 지식의 공유된 합리성 안에서만 전달 가능한 의미가 결정되고, 고전적인 담론 체제와 긴밀히 공모한다는 점에서 19세기적 체계를 대표하는 원거리 통신에 포스트모던 시대의 문화적 혼종 인물이 기대고 있다는 것은 어울리지 않는다. 손수 적은 필체에 정성과 개성을 담아 진정한 마음을 전한다는 낭만적 향수에 대한 꿈이 편지/엽서를 쓰게 하는 힘일 터이다. 어쩌면 시코쿠는 과거지향적인 감수성의 글쓰기가 사랑을 고백하기에 적합한 양식이라고 여기는지도 모른다. 그/녀는 여성적인 것으로 간주되는 환상과의 동일시, 그것의 반복적인 모방을 통해 젠더화되는 주체이기에, 사랑의 고백을 편지에 담는 행동은 스스로를 노스탤지어적 매혹을 불러일으키는 대상으로 여성화하는 방식일 수 있다. 그러나 "날마다 보내던 연애편지들"에 대한 답신이 "똥"(「여장남자 시코쿠」)이란 글씨로 되돌아온 것을 보면, 편지는 본래 목적을 달성하지 못한 실패한 글쓰기다. 최악의 낙서가 대답으로 도착하였으니, 수신자와 발신자가 지켜야 할 응대의 규칙은 지켜지지 않은 채 '깨어진 규칙'이 답신 자체가 되어 돌아온 셈이다. 시코쿠의 편지는 받아야 할 이에게 제대로 수신되지 못한 까닭에 상호규약이 지켜져야 하는 체계 '바깥'으로 튕겨져나간 것이다. 하지만 그/녀는 자신이 체계의 '바깥'에서 편지를 쓰고 있음을 알고 있다. "어느 날 누군가 내 필통에 빨간 글씨로 똥이라고 썼던 적이 있"음에도 불구하고, 받아야 할 '그' 수신자에게 편지가 도착하지 않으리라는 것을 알면서도 그/녀는 "쓴다/찢고 또 쓴다"(「여장남자 시코쿠」). 그/녀의 편지는 처음부터 우편엽서의 체계를 따르지 않는, 그 체계에 종속되지 않는 글쓰기다.

다른 시코쿠들도 사정은 마찬가지다. 「커밍아웃」 「니노셋게르미타바샤 제르니고코티카」 「사성장군협주곡(四星將軍協奏曲)」 「시코쿠 만자이(漫才)」 「불쌍한 처남들의 세계」 등의 주인공들은 엽서를 쓰겠다고 하고는 쓰지 않거나, 쓰고도 부치지 않거나, 쓰겠다고 생각하는 데 그치거나, 아니면 써서 부쳤는데 수신자에게 도착하지 않는다. 모두 부치지 않을/않은 엽서들이다. 우편엽서의 체계를 따르지도 않으면서 반복적으로 쓰이는 이 많은 부치지 않은 편지/엽서는 대체 무엇인가?

쓰지도 않고 보내지도 않은 편지도 특이하지만 (우리는 자주 편지 초안을 썼다가 구겨버리곤 한다) 부칠 생각 없이 편지를 간직하는 것은 정말 특이하다. 편지를 간직함으로써 어떤 의미에서 우리는 그 편지를 결국 '부쳤다'고 할 수 있다. 그때 우리는 (편지를 찢어버리는 경우처럼) 편지에 담긴 생각을 포기하거나 말소시키는 것이 아니다. 반대로, 우리는 그것에 과도한 가치를 부여하는 것이다. 그렇게 함으로써 우리는 자신의 생각이 현실 속 수신자의 응시에 내맡겨지기에는 너무나 소중하다고 말한다. 현실의 수신자는 편지의 의도를 파악하지 못할 수도 있기 때문이다. 그래서 우리는 편지의 가치에 걸맞은 환상 속의 상대자, 가장 잘 이해할 수 있고 제대로 가치평가를 해주리라 간주하는 사람에게 '보낸' 것이다.[7]

위 인용문을 참조한다면, 황병승 시의 시코쿠들이 편지/엽서를 쓰(지 않)는 것은 수신자가 편지/엽서의 내용, 의도, 가치를 파악하지 못하리라는 점을 예견하기 때문에 쓰지 않거나 부치지 않는 것이지만, 부치지 않음으로써 역으로 '과도한 가치'를 부여한 것이다. 그러한 역설적 방법으로 편지/엽서를 제대로 읽어주고 이해해줄 사람, 그것의 중요성에 동의하고 공감할 사람, 내가 준 사랑을 사랑으로 받아들이고 사랑으로 되돌려줄 사람, 그러한 '환상 속의 상대자'에게 이미 '보낸' 것이라 할 수 있다. 시코쿠들의 편지/엽서는 현실의 수신자는 본래의 수신자가 아니라는 불신의 제스처이며, 수신자인 타자의 현실적 부재를 재확인하는 과정이고, 진정한 수신자를 바라는 그들의 내밀한 욕망의 표현이자 환상 속에서 그러한 수신자를 불러내어 사랑의 대상으로 만나는 유일한 형식이다. 그런데 이들의 불행은 "도마뱀은 쓴다/찢고 또 쓴다"(「여장남자 시코쿠」)에서 중의적으로 암시되듯, 편지/엽서 쓰기가 자발적 거세의 반복과 동일한 의미를 지닌다는 데 있다. 환상 속에서 사랑하기인 이들의 글쓰기

---

7) Janet Malcolm, *The Silent Woman*, London: Picador, 1994, p. 172. 슬라보예 지젝, 『HOW TO READ 라캉』, 박정수 옮김, 웅진지식하우스, 2007, p. 22 에서 재인용.

는 거세 없이는 불가능하다. "여장남자 시코쿠"의 경우에는 특히 그러한데, 그/녀에게 사랑―글쓰기는 자신의 성기를 자르는 육체적 거세와 기존의 언어체계에 수용되지 않는 상징적 거세――부치지 않은 편지란 표현되지 않은 말이므로 언어의 부재를 가리킨다――를 통해서만 가능하다. 글쓰기―사랑―거세가 그/녀에게는 같은 위상을 지닌다. 사랑의 대상이 되기 위해, 타자의 욕망의 대상이 되기를 욕망하는 시코쿠가 치르는 몫은 고통과 상징적 죽음 외에는 없다. 하지만 이들의 사랑은 현실에선 "똥"이 된다. 그 자신을 선물로 주었으나 '불가해하게도 똥의 선물로 변해버린 것'(라캉)이다. 왜 그럴까?

시코쿠들의 편지/엽서는 타자, 즉 우리의 환상을 깨뜨리는 편지다. "나에게도 자궁이 있다. 그게 잘못인가"(「여장남자 시코쿠」). 잘못이다, (우리 중의 한 명임이 분명한) "누군가"에게는 그렇다. 시코쿠의 "자궁"은 이성애 중심주의가 지배 이데올로기로 자리 잡고 있는 공동체 내에서는 그것의 있음being이 부정되어야 할 외상적 중핵이다. 우리는 시코쿠의 "자궁"을 현실에 없는 무(無)로 만들어 그/녀의 진실이 상징적 질서 내로 포섭될 위험을 방지한다. 그/녀의 "자궁"은 현실 세계의 유지를 위해 가려져야 할 상징계의 구멍인 것이다. 그렇게 불편한 구멍이 사랑의 고백을 통해 베일을 벗고 타자에게 내보여졌을 때, 그가 보일 반응은 뻔하다. '나의 자궁을 받아줘'라고 말하는 시코쿠의 편지는 타자에게는 어떤 외설적인 '것Das Ding'이 자신의 세계에 침입했다는 불쾌한 느낌을 불러일으킬 뿐이다. 그것은 사랑에 대한 타자의 환상을 느닷없이 무너뜨리는 난폭한 충격이며, 타자의 내부에 있는 구멍의 심연을 들여다보게 하는 일이다. 타자의 환상을 부수는 이 같은 불법적인 무례에 대한 앙갚음이 시코쿠의 사랑을 "똥"으로 변질시킨다. 그/녀의 사랑을 저속하고, 더럽고, 냄새나는 부패물로 바꿔야만 타자는 자신의 환상을 다시금 안전하게 유지할 수 있다. 그러나 시코쿠에게는 "똥"으로 되돌아온 사랑의 훼손이야말로 견딜 수 없는 폭력이다.

사랑은 본질적으로 환상의 무대다. 사랑이란 내가 갖지 않은 '어떤 것objet a'을 상대에게 주는 것이며, 상대는 '어떤 것'을 내가 가지고 있다는 환상을 가질 때 비로소 나를 사랑의 대상으로 받아들인다. 그러한 환상이 서로 간에 충족될 때에만 사랑은 상대에 대한 매혹에서 깨어나지 않고 유지될 수 있다. 시코쿠의 편지 또한 자신의 사랑을 받아줄 누군가를 향한 환상을 기반으로 한다. 하지만 그/녀의 계속되는 편지 쓰기는 우리로 하여금 사랑의 진실, 즉 '원치 않는 사람에게 그것을 주는 것'이 사랑이라는, 사랑에 관한 심리적 현실에 점점 더 다가가게 한다. "나에게도 자궁이 있다"는 선언은 우리의 환상을 분쇄하며 실재가 모습을 드러내는 순간이다. 시코쿠의 편지와 사랑과 자궁이 불편한 이유는 우리로 하여금 감춰진 외상적 중핵에 너무 가까이 다가가게 함으로써 우리의 주체성이 파괴되거나 소거될지도 모르는 위협을 가하기 때문이다. 아니, 더 엄밀히 말해, 시코쿠의 존재만으로도 현실의 구멍에 덮어씌운 베일이 벗겨진다. 시코쿠는 무덤 속에 들어가 다시는 나오지 말아야 할 우리의 외상이다. 자신의 처지를 직감하듯, 그/녀는 "미래를 잊지 않기 위해" "골방의 악취를 견딘다"(「여장남자 시코쿠」). 그/녀에게는 지나간 과거의 상처보다 되풀이해서 쓰는 사랑의 편지가 가져올 미래가 더 큰 문제다. 그러나 외상은 반드시 귀환하는 법이다. "기다리라, 기다리라!"(「여장남자 시코쿠」)는 그/녀의 마지막 말이 더 의미심장한 이유는 계시 같은 이 외침이 그/녀가 죽지 않은 시체로, 유령으로, '안 죽음undead'으로 언제든 지상으로 돌아올 것임을 암시하기 때문이다. 타자의 사랑에 대한 그/녀의 욕망은 현실 유지를 위해 우리가 견지하고 있는 환상의 복사본인 탓에 그러한 환상 없이는 이 세계가 온전히 떠받쳐질 수 없음을 역으로 환기한다. 그리고 이 같은 환상의 보존이야말로 우리가 이 세계의 안전한 지탱에 공모하고 가담하는 형식임을 적시한다.

한편, 시코쿠들의 편지/엽서가 상징적 거세와 동일한 위상을 지닌 글쓰기라는 점은 이들이 죄의식을 지니지 않은 까닭에 대해 생각게 한다. 황병승 시의 주인공들이 외설적 초자아의 명령에 복종하지 않는 주체임은 이미 이야기한 바 있다. 이들 대부분이 범법자라는 점을 떠올릴 때, 이는 앞뒤가 맞지 않는 모순어법처럼 들린다. 공동체의 도덕법을 위배하는 이들의 행태는 원초적 아버지가 보여주는 불법성과 닮았기 때문이다. 살인자, 불량배, 동성애자, 정신병자, 루저, 도착증자, 근친살해범, 자살자 등 이들은 양심의 심급인 초자아의 규제를 따르지 않은 죄인들이다. 하지만 이들이 원초적 아버지의 향락과 동일한 향락을 누렸으리라 여기며 이들을 '너무 즐기는 자'들로 보는 것은 우리의 환상에 불과하다. 이들에게 죄의식이 감지되지 않는다는 점이야말로 이들이 초자아의 외설적 명령을 따르는 외설의 수행자가 아님을 방증한다. 죄의식은 초자아의 명령에 복종하면 할수록 더 커지는 역설적 심리다. 죄의식이 없다는 것은 이들의 위법이 외설적 쾌락의 충족을 겨냥하지 않는다는 점을 역으로 가리킨다. 시코쿠들에게 법의 이탈은 오히려 죽음의 이행에 가깝다. 우리의 환상에 침입한 자로서 이들이 치르는 대가는 상징적 죽음의 자리에 자신의 삶을 두어야 한다는 징벌이다. 이들은 산다는 것, 목숨을 연명한다는 것을 부끄러워하면서 상징적 질서에서 배제된 삶을 받아들인다. 그것은 삶 자체가 한계인 상황이다. "죽을 때까지 어떠한 이름으로도 불려지지"(「시코쿠」) 않고, "이름을 의심"(「여장남자 시코쿠」)받으면서 사는 삶, 그러한 무화(無化)를 용인하는 것, 찢고, 또 찢고, 찢고, 또 찢고…… 자꾸만 거세를 되풀이하는 것. 위법에 대한 인과적 몫으로 자신의 죽음을 지불하는 것은 라캉의 말처럼 '유일하게 진정한 행위'일지 모른다.

무엇보다 시코쿠들의 갖가지 죄는 금지된 욕망을 지녔다는 이유만으로도 이미 유죄인 우리의 잘못을 언어적으로 수행하는 실제적 모방이다. 법의 금지는 저질러서는 안 되는 욕망이 우리에게 있음을, 법이 욕망에 선재하는 것이 아님을 거꾸로 지시한다. 금지를 위반하는 시코쿠들은 그런 점에서 부인할 수 없는 우리의 무의식적 욕망의 실재적 형상이다. 이들을 견디기 힘든 진짜 이유는 이것이다. 그/녀들의 도덕법 위반은, 마치 죽지 않은 자가 자신의 죽음을 보듯, 우리의 무의식에 억압된 근원적 환상에 근접하게 하는 불가해한 '것Das Ding'의 출현이자 현실로 솟아 오른 실재의 파편이다. 우리는 '시코쿠'라는 기분 나쁜 악몽에서, 내부의 외부로 접혀져 있기에 언제든 느닷없이 펼쳐져 우리 자신을 "죽음도 삶도 아닌 세계"(「에로틱파괴어린빌리지」)로 만드는 악몽에서 서둘러 깨어나고 싶다. 우리에겐 차라리 현실이 꿈이다. 그러나 그/녀들만큼 우리 스스로가 세계의 파탄과 구제되지 않는 타락을 '나도 잘 알고 있어. 그래도 그렇지만……'이라는 분열적 제스처와 기만적인 가장으로 은폐하고 있음을 적발하는 존재도 없다. 시코쿠들은 왕이 벌거벗었다는 진실을 소리쳐 말하는 어린아이의 죄의식 없는 입과 같다. 아이의 입을 통해 왕의 벌거벗음을 모른 척했던 어른들이 부끄러움을 느꼈듯, 그/녀들에 의해 우리는 비로소 부끄러움을 느끼지 못하는 자신을 부끄럽게 느낀다. 그/녀들이 아니라 우리가 들여다보고 싶지 않은 어두운 심연인 것이다. 『여장남자 시코쿠』를 읽는 일이 만약 괴롭다면, 심연의 정체와 무한한 크기를, 그 미정형의 지옥이 내 안에서 번져 나와 나를 둘러싸는 광경을 자기 눈으로 봐야 하기 때문이다. 우리의 무의식에 대고 하는 말, 무의식을 움직이게 하는 말, 그것이 황병승의 시다. 부정적인 것을 모르는, '아니오No'라는 말을 모르는 이 거대 심연이 움직이는 일을 대체 어떻게 견딜 수 있겠는가?

*

부치지 않은 편지/엽서일수록 '과도한 가치'가 부여된다는 역설은 이러한 편지에 더 중요하고, 더 진실한 내용이 쓰여 있으리라는 추측을 불러일으킨다. 하지만 이 편지/엽서의 궁극적 형식은 침묵이며, 독해할 수 없는 미지(未知)다. 심지어 잘못 도착한 엽서의 경우에도 마찬가지다. 「니노셋게르미타바샤 제르니고코티카」의 엽서는 의미 파악이 불가능한 상징으로 가득하다. 「사성장군협주곡(四星將軍協奏曲)」에서 찢기는 "H"의 엽서 또한 정신 나간 자의 헛소리로 읽힌다. 「시코쿠 만자이(漫才)」의 경우 악몽에서 깬 소년 곁에 "눈부신 엽서 한 장"이 놓여 있지만, 꿈에서 현실로 건너온 엽서란 지하에서 지상으로 올라온 불길한 전언과 같다. 시코쿠의 편지가 "똥"으로 전락한 또다른 이유에는 수신자로선 도무지 판독 불가능한 내용 탓도 있다. "나에게도 자궁이 있다"는 말의 뜻은 정확히 무엇인가? 여장남자의 자궁은 우리의 상상력을 초과하는 사물이다. 더구나 황병승 시에서 '나'의 고백은 쓰인 그대로 믿을 수 있는 이야기가 아니다. 시코쿠들의 편지/엽서는 진실한 이야기의 가능성이나 진정한 의사소통에 대한 갈망보다는 오히려 그것의 불가능성과 좌절을 가리킨다. 그러므로 부재하는 수신자를 향해 우편엽서의 체계에 종속되지 않은 언어를 발신하려 한다면, 부치지 않은 편지/엽서 외의 다른 형식이 필요하다. 『여장남자 시코쿠』를 일관하는 묵시적 어조는 이런 사정을 배경으로 전경화된다.

데리다는 묵시적 어조를 가리켜 응대의 규칙을 무시함으로써 우편엽서의 체계를 붕괴하려 위협하고, 직접적인 대화적 발화의 한계를 벗어나는 예외로 설명한다. 그것은 목소리, 장르, 기호 체계의 혼합에 의해 수신자들을 뒤죽박죽으로 만들어 지배적인 계약이나 협약을 해체하며, 메시지의 수신자가 확정되어 있다는 사실과 수신자들을 통제하는 체계에 대한 도전이라 말한다.[8] 이러한 설명은 B급 하위문화와의 장르적 접목에도 불구하고 비애에 찬 묵시적 목소리가 황병승 시의 배면에서 울려 나오는 이유를 짐작게 해준다. 한편에는 귀 기울여 듣는다면 누구든 수신자로 만드는 예언의 말이 지닌 엄숙함과 장중함이 있다. 이 말은 상징적 체계 너머에서 발신되므로 의미의 한계를 시험한다. 다른 한편에는 탈성화(脫性化)된 대상의 숭고한 분위기와는 정반대로, 성차(性差)가 뒤죽박죽으로 뒤섞여 역겨움을 유발하고 저속한 성적 이미지로 가득한 음란하고 천박한 말이 있다. 이 말 또한 귀 기울여 듣는 이에게 은밀한 성적 쾌락의 기대를 불러일으키는 유혹의 힘을 지닌다. 황병승의 시는 이 두 가지 어조의 놀라운 브리콜라주이다. 이야기의 저급성과 비감 어린 음성의 혼합과 혼재는 기묘한 부조화를 형성하면서 "잊지 못할 이여, 가구처럼 있다가 노루처럼 튀어 오르는/가지도 오지도 않는 당신이여/속삭이는 두려움이여, 나를 풍차의 나라로 혹은 정지."(「시코쿠」)와 같은 의사(擬似) 계시적인 잠언풍을

---

8) 맬컴 불 엮음, 『종말론』, 이운경 옮김, 문학과지성사, 2011, p. 300의 재인용 참조.

주조한다. 혁명의 노래(「버찌의 계절」)가 일본 야오이 만화의 주인공인 듯한 게이들의 사랑 노래로 샘플링될 때는 고풍스럽고 애상적인 톤이 너무나 진지해 비극적 파토스마저 띤다. 진지함이 '너무 지나치기'는 어느 쪽이든 마찬가지인데, 이 과잉된 스타일은 황병승 시에 캠프camp적 요소를 부여하지만, 더 특징적인 사실은 묵시적 어조의 고유성을 텍스트 내적으로 뒤집는 효과를 낳는다는 점이다.

묵시적 어조는 기원, 현존, 진리에 대한 은유를 기반으로 한다. 자기 내부의 신탁에 귀 기울임으로써 진리의 현전을 선취하였다는 자각이 남들이 보지 못하는 것, 가령 미래와 앞으로의 운명 등을 볼 수 있는 힘을 갖게 한다는 묵시적 담론의 논리는 신비로운 분위기의 형성을 위해서가 아니더라도 기원에 대한 은유들에 기대지 않고는 묘사되기 힘들다. 그런데 이것이 '너무 지나치게' 표명되고 그러한 지나침을 전혀 숨기지 않는다면, 더구나 허무적 기질이 농후한 대중적 묵시주의의 오락물과 양식적으로 결합함으로써 어조의 진지함이 볼거리spectacle로 전시된다면, 묵시적 어조는 그 내부에 자기 조롱의 태도와 함의를 품게 된다. 황병승 시의 묵시적 어조가 비극적 파탄을 예감하는 강한 비애감과 그러한 파탄을 지루하기 짝이 없는 평범으로 파악하는 지독한 권태의 감정이 내포된 양가적 분위기를 띠는 것은 필연적이다. 묵시가 그의 시에서는 은연중 나타난 뜻이자 동시에 뜻 없는 공허이다. 가령 "기다리라, 기다리라!"는 시코쿠의 음성은 진실을 함축하지만 "강렬한 거짓"(「여장남자 시코쿠」)이기도 하다. '너무 지나친' 탓에 맥락 따위에 구애받지 않는 자유를 얻는 이 어조는 수신자들을 갈피를 잡을 수 없게 뒤섞을뿐더러, 기호체계를 지탱하는 지배적 계약을 토대에서부터 완전히 해체한다. 이 가운데 기존 언어의 질서는 무너진다. 이것이야말로 거대한 크기의 몰락이자, 몰락의 거대한 수행이다.

한국시가 대규모의 죽음을 치른 것은 지난 세기 말이었다. 그 무렵 시의 많은 죽음의 상징들은 한 시기의 역사를 이끈 거대 상징체계의 몰락을 애도하는 형식이었다. 그리고 그 형식은 담론을 지탱해온 언어 규범을 크게 벗어나지 않았다. 애도는 상실에서 비롯하지만, 상실된 대상을 대체하는 '다른' 대상objet a이 나타난다는 기대로부터 가능해진다. 그렇기에 애도란 불가능하다고도 한다. 그러나 거대한 몰락의 수행인 시코쿠의 세계에는 애도도 '다른' 대상도 없으며, 그에 대한 기대 또한 없다. 황병승의 시는 불가능한 애도에 전전하지 않는 몰락 이후의 몰락, 파탄 이후의 파탄이다. 그의 시에서 몰락은 더 이상 전조도 예견도 아니며, 과도한 하나의 전체다. 이러한 세계에서 말하는 모든 것은 살아 있는 몰락의 들숨과 날숨이다. 그의 시에 의해 우리가 속한 상징적 우주의 대기(大氣)는 돌이킬 수 없는 데카당의 기운으로 자욱해진다. 도덕은 종종 데카당보다 더 깊고 어둡고 심오한 데카당으로 불린다. 데카당에 대한 감지와 이해가 도덕을 융성하게 하기 때문이다. 그러므로 도덕의 강조는 파탄과 몰락을 감지할 때 더욱 강해진다. 도덕이 자연이 된 곳에서의 '큰 목소리'는 데카당의 한복판에서 나온다. 도덕이 크게 자신을 부르짖을수록, 현실은 이미 데카당이다. 한국시에 데카당의 출현은 이전에도 있었지만, 그럴듯한 포즈나 제스처가 아니라 이렇게 철저한 데카당의 이행과 실천으로 등장한 적은 없었다. 황병승의 시가 현실적으로, 현재적으로 우리 시대의 가장 두려운 심리적 징후이자 정신적 징표로 읽혀야 할 이유로 이보다 더 분명한 것은 없다. 세계에 임박한 몰락을 자축하듯 종말의 위협을 오락으로 바꿔 우리의 죄의식을 감하려는 대중적 묵시가 판치는 시대에, 도덕의 외설적인 도착이 점점 사회적·문화적 영역을 지배하는 정신적 기제가 되어가는 이 수상한 시절에, 황병승의 시는 파국은 도래하는 것이 아니라 내재하는 것이라는 세계의 '진짜' 종말 앞으로 우리를 데려간다. '즐겨라'라는 명령에 충실하고 싶은 우리로서는 결코 알고 싶지 않은 그 진실과의 조우로. 그의 시 앞에서, 혹시 당신은 눈을 감고 싶지 않은가? 그의 시를 읽는 일은 눈을 감고 싶은 욕구와의 싸움에서부터 시작된다. 적어도, 내게는 그렇다. 그리고 그 싸움에서 질 때마다, 기쁘고 고통스럽다. 이것이 사랑을 주었으나 "똥"으로 받은 내가 시코쿠의 편지에 대한 응답으로 변명 대신 적어 보내는 답신의 일부다.

〔2012〕

 1975년 출범하여 오늘까지 이어져온 '문학과지성 시인선'이
독자들의 사랑과 문인들의 아낌 속에 한국 현대시의 폴리스Polis
를 이루게 된 사실은 문학과지성사에 내린 지복이기도 하지만
동시에 한국시를 즐겨 읽는 독자들에겐 '상리공생(相利共生)'의
사안이기도 하다. 왜냐하면 한국시의 수준과 다양성을 동시에
측량할 수 있는 박물관의 역할을 이 시인선이 해줄 수 있기 때
문이다. 요컨대 여기는 한국시의 '레이나 소피아Reina Sofia'이
다. 시의 '뮤제오 프라도Museo Prado'가 보이지 않는 게 아쉽
긴 하지만.
 그러나 '문학과지성 시인선'이 현대시의 개성들을 다 모아놓
고 있다고 오연히 자부할 수는 없다. 시인선의 편집자들이 한국
어의 자기장 내에서 발화하는 시의 빛점들을 포집하기 위하여

고감도 안테나를 드넓게도 촘촘히도 작동시켰다 하더라도, 유한자 인간의 "앨쓴"(정지용, 「바다」) 작업은 빈번히 누락과 착오로 인한 어두운 그늘들을 드리워놓기 십상이기 때문이다. 환상과 우연의 힘들은 완전하고자 하는 의지를 김 빼는 한편, 우리의 울타리 바깥에서도 시의 자치구들이 사방에 산재해 저마다 저의 권역을 넓혀나가고 있다는 사실을 확인케 해 새삼 우리를 겸허한 반성 쪽으로 이끌고 간다.

모든 생명적 장소가 그러하듯이 시의 구역들 역시 활발한 대사 운동 끝에 팽창과 수축을 거듭하면서 크게 자라기도 하고 소멸되기도 한다. 때로는 구역의 진화와 시의 진화가 심히 어긋나는 때가 있으며, 그중 구역은 사용을 멈추었는데 시는 여전히 생생히 살아 있을 경우야말로 애달픈 인간사 그 자체가 아닐 수 없다. 외로 떨어진 시 덩어리는 우주선과 잡석들이 빗발치는 망망한 말의 우주의 유랑자의 위상에 처하게 되고 갈 곳 모른 채 표류하다가 서서히 소실의 검은 구멍 속으로 빨려 들어가거나 완벽한 정적의 외진 구석에 유폐된 채로 그 자리에서 먼지로 화할 수도 있을 것이다.

실로 한국 현대시 100년을 경과하면서 역사의 무덤 속으로 들어가기를 거절하고 삶의 현장에 현존하고자 하는 의지를 내뿜는 시뭉치들이 이곳저곳에서 출몰하는 횟수를 늘려가고 있었으니, 특히 20세기 후반기에 출판되었다가 다양한 사연으로 절판되었거나 출판사가 폐문함으로써 독자에게로 가는 통로를 차단당한 시집들의 사정이 그러하여, 이들이 벌겋게 단 얼굴로 불현

듯 우리 앞을 스쳐 지나갈 때마다 우리는 저 시뭉치의 불행과 저들과 생이별하여 마음의 양식을 잃은 우리의 불운을 한꺼번에 안타까워하는 처지에 몰리게 된다.

그리하여 우리는 '문학과지성 시인선' 내부에 작은 여백을 열고 이 독립 행성들을 우리 항성계 안으로 모시고자 한다. 이는 '시인선'의 현 단계의 허전함을 메꾸기 위함이요, 돌연 지구와의 교신망을 상실한 시뭉치에 제2의 터전을 제공하기 위함이요, 독자의 호시심(好詩心)에 모자람이 없도록 하고자 함이니, 이 삼중의 작업을 한꺼번에 이행함으로써 우리는 한국시에 영원히 마르지 않을 생명샘의 가는 한줄기가 될 수 있기를 소망한다.

이 작업을 통해서 우리는 옛것의 귀환이라는 사건을 때마다 일으킬 터인데, 이 특별한 사건들은 부족을 메꾸는 부정─보충적 행위를 넘어 새로운 시의 미각적 지대, 아니 더 나아가 새로운 정신적 지평을 여는 발견적 행동이 되고야 말리라는 것을 확신하는 바이다. 우리가 특별히 모실 이 시집들의 숨겨진 비밀이 워낙 많다는 뜻을 이 말은 품고 있거니와, 진정 이 시집들은 처음 세상에 모습을 드러내었던 당시 독자를 충격했던 새로움을 보존할 뿐만 아니라 같은 강도의 미지의 새 새로움의 애채를 옛 새로움의 나무 위에 돋아나게 해줄 것이 틀림없다. 그리하여 독자는 시오랑E. M. Cioran이 언젠가 말했듯 "회상과 예감réminiscence et pressentiment이 반대 방향으로 멀어지기는커녕, 하나로 합류하는"(「생─종 페르스Saint-John Perse」, 『예찬 실습Exercises d'admiration』 in 『저작집Œuvres』, Pleiade/Gallimard, 2011)

희귀한 체험을 생생히 누리리라 짐작하거니와, 이 말의 주인이 그 체험의 발생주체로 예거한 시인을 가리켜 "모든 시간대에서 동시대인으로 존재하는 사람un contemporain intemporel"이라고 말했던 것과 마찬가지로, 이 체험의 신비함이야말로 모든 시간대에서 최고의 신선도로 독자를 흥분케 할 것이다.

그렇긴 하지만 우리는 이 재생의 사건들을 특별히 꾸리는 별도의 총서는 자제하였다. 그보단 우리의 익숙한 도시인 '문학과 지성 시인선' 안에 포함시키고자 하는데, 우리의 '시인선' 자체가 늘 그런 신비한 체험을 독자들에게 제공해주기를 기대하기 때문이다. 다만 아주 시치미를 떼어서 독자를 정보의 결핍 속에 방치하는 우를 범할 수는 없는 연유로, 처음부터 시작하는 번호에 기호 R을 멜빵처럼 감쳐서, 돌아온 시집임을 표지하고자 한다. R은 직접적으로는 복간reissue의 뜻을 가리키겠지만 방금의 진술에 기대면 이 귀환은 곧 신생과 다름이 없어서, 반복 répétition이 곧 부활résurrection이라는 뜻을 함축할 뿐 아니라 더 과감히 반복만이 부활을 가능케 한다는 주장까지 포함할 수 있을 것인데, 그 주장이 우리 일상의 천편일률적이고 지루하고 데데한 반복을 돌연 최초의 생의 거듭남으로 변신시키는 마법의 수행을 독자들에게 부추길 것을 어림한다면, 그것은 아무리 되풀이 강조되어도 지나치지 않을 것이다. 더욱이나 어느 현대 시인은 "R이 없어서, 죽음은 말 속에서 숨 막혀 죽는다 *Privé d'R, la mort meurt d'asphyxie dans le mot*"(에드몽 자베스Edmond Jabès, 『엘, 혹은 최후의 책*El, ou le dernière livre*』,

1973)는 촌철로 언어의 생살을 도려내었으니, R을 통해서만 언어는 존재의 장식이기를 그치고 죽음조차 삶의 운동으로 되살리는 것이다.

그러니 '문학과지성 시인선'의 새로운 R의 행렬 속에서 우리가 독자들에게 바라는 것은 이 한 글자의 연장이 무엇이든 그 안에 숨어 있는 한결같은 동작은 저 시인이 암시하듯 숨통 터주는 일임을 상기해달라는 것이다. 이 혀를 안으로 마는 짧은 호흡은 곧이어 제 글자의 줄이 초롱처럼 매달고 있는 시집으로 이목을 돌리게 해, 낱낱의 꽃잎처럼 하늘거리는 쪽들을 흔들어 즐겁고도 신기한 언어의 화성이 울리는 광경을 마침내 목격하고 청취하는 데까지 당신을 이끌고 갈 수 있을 터이니, 그때쯤이면 이 되살아난 시집의 고유한 개성적 울림이 시집에 본래 내재된 에너지의 분출이면서 동시에 그것을 그렇게 수용하고자 한 독자 자신의 역동적 상상력의 작동임을 제 몸의 체험으로 느끼게 되리라.

㈜문학과지성사